Les malices

Rue des Écoles

Collection dirigée par Jérôme Martin

La collection « Rue des Écoles » est dédiée à l'édition de travaux personnels, venus de tous horizons : historique, philosophique, politique, etc. Elle accueille également des œuvres de fiction (romans) et des textes autobiographiques.

Déjà parus

Plaisance (Daniel), *De quelques plaisirs inédits*, 2023.

Blomme (Nathalie), *Le vol des hirondelles*, 2023.

Julie Bonnafont, *Vibrato*, 2023.

Schweitzer (Sylvie), *Traces*, roman, 2023.

Caron (Marianne), *Portraits de crimes. Les enquêtes de Mary Cassatt et du Docteur J.*, 2023.

Lajoux (Michèle), *1969. Folle enchère*, roman, 2023.

Denis (Olivier), *Miami Convergences*, roman, 2023.

Daniel (Floréal), *Chronique ordinaire des territoires du nord suivi de Effet tunnel*, 2023.

Fernandes (Aurore), *Une autre chance*, roman, 2023.

Saint-Jean (Denis), *Croisées*, Roman, 2023.

De Reynal (Emmanuel), *Le passeur de rimes*, roman, 2023.

Vigier (Philippe), *Barcelone fugue, Ode à Dali*, 2023.

Ces douze derniers titres de la collection sont classés par ordre chronologique en commençant par le plus récent.
La liste complète des parutions, avec une courte présentation du contenu des ouvrages, peut être consultée sur le site www.editions-harmattan.fr

Catherine Dousteyssier-Khoze

Les malices

Roman

L'Harmattan

De la même autrice :

La logique de l'amanite, Grasset, 2015. [*The Beauty of the Death Cap*, trad. Tina Kover, Snuggly Books, 2018.]

5-7, rue de l'École-Polytechnique – 75005 Paris
www.editions-harmattan.fr
ISBN : 978-2-14-033831-1
EAN : 9782140338311

« La solitude est toujours accompagnée de folie. »

Marguerite Duras

CHAPITRE 1

Ma sœur et moi, il y a bien longtemps de cela, plus d'un demi-siècle en fait, nous avons assassiné la famille chez qui nous étions alors en service. Madame Bertaux-Chambon, sa fille cadette Mademoiselle Marie-Hélène Bertaux-Chambon, et Monsieur Bertaux-Chambon. Ils furent tués dans des *circonstances atroces*, je suis bien obligée d'en convenir.

Ça s'est passé avant la guerre, à Clermont-Ferrand, dans le Puy-de-Dôme. Mais je crois que ça aurait aussi bien pu se dérouler à Tulle, où j'habite maintenant, ou au Mans. Pour être honnête, l'*affaire Lelièvre* (mon vrai nom est Léa Lelièvre même si on m'appelle aujourd'hui Léa Jeanson) a fait couler plus d'encre que nous de sang ; déjà à l'époque les journaux ne parlaient que du triple meurtre de la rue Pascal et de l'énucléation (c'est quand on arrache les yeux) de Madame et Mademoiselle Bertaux-Chambon par leurs bonnes. J'en ai gardé quelques coupures, avec les photos d'avant, dans la boîte à biscuits en fer rouge qui se trouve aujourd'hui sur l'étagère de ma chambre.

Il y a eu tout un procès. On risquait gros. On aurait pu avoir jusqu'au cou de coupé. Comme elle était l'aînée, Christine a d'ailleurs été condamnée à mort mais, au bout du compte, ils n'ont pas osé parce qu'on était des femmes et qu'on ne tuait plus les femmes en France, avant la guerre. C'est donc à l'asile des fous qu'elle est morte, quelques années plus tard, ma sœur. Le malheur planait comme de sombres nuages dans sa tête. On ne peut rien faire contre ça. Les derniers temps, elle ne me reconnaissait plus. Elle disait juste « non, non, ce n'est pas Léa, cette personne est bien gentille mais ce n'est pas ma sœur. Si c'était ma sœur, je ne serais pas dans cet état ».

J'ai vu cet état dans lequel ma sœur Christine était plongée. Je crois bien que je ne me suis jamais remise de ça.

Nous avons longtemps habité derrière la cathédrale, au 6 rue Pascal. Presque sept ans en tout, avant que ça arrive. La maison en pierre de Volvic des Bertaux-Chambon était grande, sombre et tranquille. Ma sœur et moi, nous partagions une chambre au dernier étage. Par la fenêtre, on pouvait voir un peu de la fontaine de la Place du Terrail et la devanture de la boucherie chevaline avec ses carreaux en faïence rouges et bleus.

Il y avait une courette à l'arrière et un petit jardin toujours froid où se trouvait, au milieu de graviers et de bosquets maladifs, la « Pomone » blanche de Monsieur Bertaux-Chambon. Il semblait beaucoup y tenir à cette statue, et récitait volontiers des vers là-dessus.

Même à plus de soixante années de distance, je revois chaque objet, chaque meuble, chaque pièce de la maison avec tellement plus de précision que les divers logements (trois ? peut-être même quatre) où ils s'obstinent à me placer et à me déplacer depuis vingt ans. En dépit des événements, je me rappelle cette maison de la rue Pascal comme celle où j'ai vécu avec Christine, la seule en fait, comme nous n'avions pas été élevées ensemble. Et c'est là, dans « la maison maudite de la rue Pascal », comme ils l'ont appelée l'autre jour à la télévision, qu'on a été presque heureuses, ma sœur et moi. Du moins au début.

Le service était dur. Dans la journée, Christine était à la cuisine et moi dans les appartements. Madame Bertaux-Chambon était exigeante, elle ne plaisantait pas avec la poussière. Ni avec les manières, ce qu'on trouvait d'ailleurs très bien. On n'avait rien à redire à ça. Sur le principe, j'entends.

Il m'arrive de me demander (les journées sont longues quand on ne quitte guère son fauteuil et qu'il ne se passe pas grand-chose derrière la fenêtre) : combien de fois peut-on récurer la cuvette de toilettes dont on ne se sert jamais avant que les pensées noires ne vous rentrent dans la tête et qu'elles s'y installent pour de bon, telle une mérule pleureuse ? Et aussi, combien de fois peut-on voir Mademoiselle Marie-Hélène glisser à côté de vous en silence, comme si vous étiez transparente et légèrement poisseuse ?

Au bout du compte, ce qui s'est passé n'a sans doute rien à voir avec ça.

Mais quand même, quand même, combien de tasses de lait chaud peut-on servir tous les jours à 16 heures précises à Monsieur Bertaux-Chambon avant que ça ne déborde ?

En fait, je m'égare, le lait, l'horreur du lait de Monsieur, c'est venu beaucoup plus tard, vers la fin. Après tout, il ne faut pas oublier qu'on a *cohabité* pendant plusieurs années les uns avec les autres, dans le calme, sans maudire (sans mot dire ? mon Dieu, comment dit-on ?). Chez les Bertaux-Chambon, au début, on n'était pas plus mal loties qu'ailleurs. On ne peut pas tout leur mettre sur le dos. Ma sœur et moi, on a bien essayé de le leur dire, au procès : nous étions assez bien logées et assez bien nourries, et si nous ne nous étions pas plu chez eux, nous serions parties. C'est aussi simple que ça. Christine et moi nous gardions des économies importantes à la Caisse d'épargne, et aussi dans la mallette en cuir au fond de l'armoire (ils nous ont tout pris pour payer le procès). On aurait pu changer de crémerie, les emplois ne manquaient pas à l'époque. Et puis, on avait été placées par notre mère dans tellement de maisons, on avait l'habitude. Mais comme on l'a dit à monsieur le juge et aussi aux policiers, au bout du compte, on n'avait pas grand-chose à reprocher à nos maîtres, alors on est restées.

Certes, nous avions commis une faute grave, nous méritions d'être punies après ce carnage. Ça, on le savait et on en était d'accord, Christine et moi. Sauf qu'ils voulaient tous *comprendre*. Ils voulaient qu'on *explique notre acte*. C'est pour ça qu'on a eu droit à un tel chapelet de docteurs de l'asile de fous. Ils ont défilé les uns après les autres à la prison pour nous voir. Je me souviens surtout du Dr Schwartz… Schwartz-quelque chose, un type qui avait un regard d'une fixité, je me demande si son métier ne l'avait pas tourné. Il restait de longues minutes à me dévisager en silence, comme si je n'étais pas saine d'esprit. Il attendait que je parle la première. Il m'énervait, on n'a pas besoin de ça quand on est tombées au fond du malheur. De toute façon, ma sœur et moi, nous n'étions pas folles. C'est après que ma sœur l'est devenue, quand on a été séparées pour de bon, et qu'il a été trop tard pour qu'elle puisse arranger ses idées dans le bon ordre. Alors, une pagaille s'est installée dans son cerveau telle la peste noire.

Je ne lui ai presque rien lâché à ce docteur, je n'avais pas confiance, il était clair qu'il travaillait contre nous. Il n'a rien su pour les ondes, ni pour la bague de Madame Maman (c'est comme ça qu'on appelait Madame Bertaux-Chambon, ma sœur et moi).

Ils nous rebattent les oreilles avec l'affaire Lelièvre en ce moment. Et le téléfilm, et le documentaire, et patati, et patata. Il paraît même qu'ils préparent un « biopic », comme ils disent, avec Isabelle Huppert dans les *deux* rôles (le mien et celui de Christine) à la fois. Comment elle va faire, Isabelle Huppert ?! Pour ma part, la ressemblance m'échappe. Enfin bref, on trouve les sœurs Lelièvre à toutes les sauces. Ça passe en boucle à la télévision, et le résultat c'est que moi je regarde ce que je ne devrais pas regarder. Ça nuit à mon sommeil. Plein de choses enfouies depuis si longtemps remontent à la surface comme autant de petites bulles qui éclatent dans mon cerveau et me réveillent en sursaut.

D'abord Léa Lelièvre, c'est moi (je ne me rappelle plus si je vous l'ai déjà dit mais j'ai dû changer de nom en sortant de prison sinon, on ne m'aurait jamais laissée tranquille). Alors, je suis quand même mieux placée qu'eux pour savoir ce qui s'est *réellement* passé puisque *j'y étais*. Eh bien je peux vous dire une chose : jamais ma sœur et moi nous n'avons porté les guenilles dont ils nous affublent dans *Sœurs maudites* (le téléfilm de la Une). Ni pour or ni pour argent ni pour dentelle d'Alençon nous n'aurions été vues dans un tel accoutrement. Ce n'est pas parce qu'on est en service qu'on s'habille mal, comme des pauvres. Christine et moi nous n'étions pas des souillons. Nous avions de très beaux articles que même Mademoiselle Marie-Hélène et Madame Maman ne possédaient pas. Je pense en particulier aux pullovers roses en laine d'Angora qu'on avait achetés aux Nouvelles Galeries de la Place de Jaude, et aussi à nos chapeaux en poil de castor. 150 francs pièce qu'ils avaient coûté, ces pullovers ! Et 160 pour les chapeaux. Vous croyez que n'importe quelle bonne à tout faire pouvait se payer ça à l'époque ? C'est-à-dire presqu'un mois de salaire, même si Christine gagnait plus la dernière année parce qu'on avait redemandé de l'augmentation. Ma sœur avait repéré le pullover rose en allant faire les courses, elle avait eu comme une illumination devant la vitrine des Nouvelles Galeries. Elle avait su alors, avec certitude, que si elle et moi on avait ce pullover si beau, si doux, si rose, il ne pourrait rien nous arriver de mal (elle ne pouvait pas deviner, hélas, que les jalousies qui pesaient sur nous seraient plus fortes). Nous achetions toujours tout en double, de cette façon nous étions un miroir l'une pour l'autre, c'était très pratique quand on sortait.

Enfin, tout ça pour vous dire qu'on était très bien habillées, ma sœur et moi, mieux que certaines dames, et quand on allait à la messe de huit heures à la cathédrale, le dimanche, il y avait des regards envieux. Alors, moi je dis non, les « sœurs maudites » n'ont jamais porté de robes ou de manteaux grossièrement rapiécés, de bas reprisés et autres horreurs de pauvresses. On n'a pas le droit d'aller raconter des bêtises pareilles à la télévision. Et puis, ils nous font passer pour des brutes, des mégères sanguinaires. Bien qu'il soit vrai que beaucoup de sang ait été versé et que des choses horribles aient été commises (que je ne referais sans doute pas si c'était à refaire), notre vérité est tout de même plus nuancée que ça.

Pour toutes ces raisons, et parce que les mois me sont comptés, que les jours me pèsent, et que je suis sur le point d'aller te rejoindre pour toujours, Christine, ma Christine, je vais parler. Ils me croient tous morte et enterrée mais la sœur cadette « sourde et muette », « manipulée », « entraînée dans la spirale de l'horreur » (*Affaires criminelles* de la semaine dernière) va tout déballer. Elle n'a plus à blanchir le linge sale des familles. Et il y en a qui seront bien surpris.

Il faut quand même que je vous dise, je ne sors plus de chez moi depuis un an. J'ai une mauvaise hanche que je refuse de faire opérer – depuis ce qui est arrivé à Christine, je me méfie des docteurs et j'évite les hôpitaux. Alors je compte sur mes voisins, Monsieur et Madame R, un couple d'âge mûr qui habite dans l'appartement du dessous et donne beaucoup dans la charité chrétienne, l'amour de leur prochain, toutes ces choses-là, quoi. Ils m'amènent des courses une fois par semaine, le vendredi ; lui me monte des briques de lait si je viens à en manquer. Je me suis mise à reboire du lait il y a une dizaine d'années (pendant près de cinquante ans, je n'ai pas pu, après ce qui s'est passé rue Pascal) et j'en consomme beaucoup aujourd'hui.

Monsieur R est employé à la Préfecture de Tulle, je crois. Elle, Madame R, ne travaille pas, et comme elle s'ennuie ferme, il lui arrive de venir papoter avec moi le mercredi ou le samedi après-midi. Elle est aimable et causante, cette femme, je me suis attachée à elle. Il a certes fallu que je la dresse, elle aurait débarqué à toute heure, y compris en début d'après-midi, en plein pendant mon feuilleton, *Les Feux de l'amour*. Or ça, ce n'est pas une option, je le lui ai vite fait comprendre et elle ne s'y risque plus. J'aime beaucoup ce feuilleton, et il ne faut pas qu'on me dérange sinon je risque de manquer des rebondissements. Et puis il y a des choses qui nous concernent peut-être, Christine et moi, dans ce feuilleton. Pas des âneries mal romancées comme dans *Sœurs maudites*, non, je parle de choses déguisées qui ne peuvent pas toutes être des coïncidences. C'est troublant pour moi mais je n'ai pas envie d'en dire plus pour le moment, ça pourrait encore être mal interprété.

Le lundi et le jeudi, il y a la grosse qui vient. C'est l'« aide-ménagère » envoyée gratuitement par la Mairie.

J'ai eu beau leur expliquer, à la Mairie, que je n'avais pas besoin d'elle et que, vu ce qu'elle faisait, ça ne servait pas à grand-chose. Pire même, puisque c'est un supplice de l'avoir dans les pattes. Ça c'est sûr que je serais bien mieux servie par moi-même.

Elle arrive à bout de souffle, ce qui, vu son poids, n'est pas étonnant. Tout de suite elle a besoin de s'asseoir et de se faire un café *pour se remettre*. Puis, elle se met à me raconter ses *malheurs* ou ceux qui touchent les membres de sa famille-fleuve. Je vous épargnerai les détails, mais comment, mon Dieu, comment ose-t-elle. C'est de la roupie de sansonnet comparé à ce que ma sœur et moi on a vécu ou, d'ailleurs, à ce que les Bertaux-Chambon ont subi parce qu'ils ont quand même beaucoup souffert. A propos des Bertaux-Chambon, je peux vous garantir que Madame Maman ne l'aurait pas gardée deux jours, la grosse, et elle aurait eu raison. Elle a été si mal dressée, ce n'est pas une bonne, c'est une mauvaise à ne rien faire.

Donc, elle arrive, elle se pose, elle dit pour la forme « comment ça va aujourd'hui, Mademoiselle Jeanson, on fait aller ? » (Jeanson, c'est mon nom, comme je n'ai pas pu garder celui de Lelièvre – ce n'est pas un nom si rare, Lelièvre, mais ça aurait quand même pu me causer des tracas s'il y avait eu des fouineurs, et des fouineurs, il y en a toujours). Elle prend un long café, en bavassant. Ensuite, pour la forme, elle allume l'aspirateur, elle promène un peu de poussière d'un endroit à un autre, puis elle regarde sa montre et elle me dit « Bon, ben c'est fini pour aujourd'hui, je vais y aller ».

Je ne lui réponds pas, je reste assise sur mon fauteuil et j'attends que ça passe. Parfois, j'émets un vague sourire qu'elle peut interpréter comme elle l'entend. Elle doit me croire simplette. Les simplets, de toute façon, ça n'existe pas, c'est un malentendu. Il n'y a que des fous ou des eaux qui dorment. Je sais que je suis moins intelligente que

Christine – ma sœur était très intelligente –, mais je ne suis pas bête non plus, les docteurs ont été clairs là-dessus pendant le procès. *Léa Lelièvre est d'intelligence normale*, c'est écrit dans notre dossier, vous pouvez aller voir si ça vous chante.

Bien avant la venue de la grosse, quand j'étais encore vaillante, je gardais des enfants. J'allais les chercher à l'école, et comme ils étaient encore petits, je prenais leurs menottes et on allait à pied jusque chez moi. J'habitais encore rue de la Barrière, pas loin du centre. Je leur donnais à goûter des tartines de confiture et je m'occupais d'eux jusqu'à ce que leurs parents viennent les chercher. On ne peut pas dire que j'aimais ça mais c'était une occupation comme une autre et puis, dans l'ensemble, je n'avais rien à leur reprocher, à ces gamins.

Il fallait bien faire semblant de vivre à Tulle, même si j'étais une morte vivante parce que j'avais tout perdu rue Pascal à Clermont-Ferrand dans le Puy de Dôme.

CHAPITRE 2

***La Vie arverne*, 7 avril 1933. De notre envoyé spécial, Gustave Fève.**

Une vieille famille clermontoise d'une honorabilité au-dessus de tout soupçon a été massacrée par ses deux bonnes au 6 rue Pascal !

En ce vendredi 7 avril qui précède d'une semaine les fêtes pascales, les Clermontois se sont réveillés dans la stupeur et la consternation.

Monsieur Gratien Bertaux-Chambon, avoué en retraite de 63 ans, son épouse Madame Hermance Bertaux-Chambon, 53 ans, et leur fille cadette Mademoiselle Marie-Hélène Bertaux-Chambon, 28 ans, ont été retrouvés dans un bain de sang à leur domicile de la rue Pascal. C'est Maître Verrière, frère de Madame Bertaux-Chambon, invité à dîner le soir même, et s'inquiétant de trouver porte close, qui a prévenu la police. Aux environs de 20 heures, deux agents accédaient enfin à l'intérieur du n°6, après avoir forcé la porte. L'obscurité régnait. L'électricité avait été éteinte, laissant craindre le pire. Les policiers devaient d'abord buter sur le corps sans vie de Monsieur Bertaux-Chambon, gisant en bas des escaliers. Ce n'était que le début. A la lumière de sa torche, l'agent Boutin fit une autre découverte des plus macabres : à mi-chemin entre le rez-de-chaussée et le premier étage, un œil reposait sur une marche, signe annonciateur du spectacle atroce qui les attendait au premier étage…

Horribles détails

Il faudrait pour retracer ce tableau horrifique, la plume d'un Léon Bloy. Que dis-je, d'un Émile Zola, d'un Dante, d'un Sade, même ! L'imagination se refuse à suivre la transcription de l'exacte réalité.

Les deux furies s'étaient jetées sur les deux femmes et acharnées sur elles, arrachant les yeux, frappant, tailladant avec tout ce qui leur tombait sur la main.

Il semblerait que Marie-Hélène Bertaux-Chambon ait été plus sauvagement assassinée que sa mère. Elle avait le crâne éclaté, la tête broyée, n'ayant plus figure humaine. Jupons et jupes avaient été relevés, laissant voir que les victimes avaient été tailladées comme des lapins (ou grignées comme des pains, fit remarquer l'agent Meunier).

Qui avait bien pu commettre ces actes d'une barbarie sans pareille ? Étaient-ce des voleurs de grand chemin, des criminels endurcis qui s'étaient ainsi livrés à l'irréparable ? Eh bien non, les meurtrières furent retrouvées dans leur chambre, au dernier étage de l'immeuble, transies au fond de leur lit. Elles attendaient les forces de l'ordre dans le noir. Il s'agissait de fluettes bonnes ! Christine Lelièvre, 28 ans et Léa Lelièvre, 21 ans, étaient employées depuis sept ans par la famille Bertaux-Chambon où elles donnaient, semble-t-il, entière satisfaction.

Retenez-le bien ce nom de « Lelièvre » car, désormais, il ne sera plus prononcé qu'à voix basse et dans un seul souffle par nos concitoyens auvergnats afin d'évoquer le génie gémellaire du mal, afin de donner un double visage à ce vent de folie qui, sans avertissement aucun, s'est abattu sur notre ville par une sombre soirée du printemps 1933.

***La Vie arverne*, 8 avril 1933. De notre envoyé spécial, Gustave Fève.**

L'incompréhension et une immense désolation règnent aujourd'hui dans le quartier historique de la rue Pascal et les environs de la cathédrale.

Nous vous avions annoncé hier l'horrible drame qui venait de se dérouler à Clermont-Ferrand, au 6 rue Pascal. Dès que la nouvelle fut connue vendredi matin dans la ville, ce fut partout un cri de stupeur, qui alla sans cesse s'amplifiant.

Hélas, le peu que nous avions pu dire dans la hâte de l'information était encore bien inférieur à l'horrible, à l'abominable réalité.

Ce crime qu'on pouvait attribuer tout d'abord à une sorte d'exaltation diabolique est sans nul doute le fruit de longues réflexions, et d'une préparation minutieuse. Les filles Lelièvre ont tué en pleine raison, de sang-froid presque, si l'expression n'était ici déplacée. Elles-mêmes ne cherchent pas à celer la vérité et c'est cela, justement, qui nous épouvante le plus.

Les lieux du crime

La rue Pascal, paisible et sombre, s'enfonce d'un côté dans un enchevêtrement de rues anciennes et s'ouvre, de l'autre, sur la Place du Terrail où coule l'ancienne fontaine du même nom. La rue du Terrail conduit à la majestueuse place de la Victoire, devant la cathédrale Notre-Dame de l'Assomption. Nous sommes là au cœur même du vieux Clermont, dans un quartier historique (l'ombre bienveillante de Blaise Pascal, né à quelques pas de là dans un bâtiment aujourd'hui disparu, ne flotte-t-elle pas sur ces tranquilles pierres de Volvic !) mais « sans histoires » nous dira une dame qui habite là.

Sans histoires ! jusqu'au jour où le plus épouvantable crime est venu donner à ce coin une cruelle et tragique célébrité.

Au n°6, une maison en pierres de taille de trois étages. Une grande porte-cochère peinte en vert bouteille. Tous les volets sont clos. Un aspect triste, disons plus, tragique, dans le matin brumeux et pluvieux.

Des passants vont et viennent, qui jettent un coup d'œil furtif avant de s'éloigner sous l'averse. La cathédrale projette ses flèches sur les arrières. Et c'est là que l'avant-veille s'est déroulé le plus abominable drame de l'histoire de notre région, et bien au-delà.

« Un drame, nous a dit un vieux routier des affaires criminelles, comme rarement, je puis même dire jamais, je n'en ai vu ».

Nous essayons de faire parler les voisins. Ils n'osent. Enfin, une sympathique voisine qui a connu les filles Lelièvre et les a approchées d'assez près nous confie ses impressions : « Non, je ne leur ai jamais parlé mais je peux vous dire qu'elles avaient l'air revêche. Je les voyais de loin, à la messe, habillées comme des demoiselles. Elles n'inspiraient pas confiance. Je l'avais d'ailleurs dit à mon mari – vous pourrez lui demander –, les bonnes de Madame Bertaux-Chambon, ces filles Lelièvre, eh bien elles ne m'inspirent aucune confiance. On aurait dit que je le sentais ».

L'autopsie

Hier soir, M. le docteur Rabier, médecin-légiste, a pratiqué l'autopsie des cadavres des trois victimes. Nous ne connaissons pas encore les conclusions de son rapport. Tout ce que nous pouvons dire, c'est que le nombre des blessures est considérable. Le corps entier de chacune des malheureuses femmes est tailladé, meurtri et transpercé. Le corps de Monsieur Bertaux-Chambon semblerait avoir échappé en partie à de telles infamies : il aurait péri des suites d'un seul coup sur la tête, d'une violence extrême, administré avec une lourde poêle en cuivre retrouvée sur la table de la cuisine.

La Vie arverne, 9 avril 1933

Atroce détail : les sœurs Lelièvre auraient festoyé alors que les cadavres ensanglantés de leurs maîtres étaient encore chauds dans la pièce d'à côté.

Notre envoyé spécial, Gustave Fève, a réussi à obtenir des informations inédites qui éclairent cette abominable affaire d'une lumière encore plus terrible. Nous atteignons le summum de l'abjection : dans quels boueux tréfonds l'âme humaine est-elle allée se vautrer ?

En effet, selon nos sources les plus fiables, après avoir commis leur odieux méfait, Christine et Léa Lelièvre sont tranquillement allées se laver et se changer avant de se rendre à la cuisine pour consommer une partie des victuailles prévues pour les invités du soir. Interrogées à ce sujet, voilà ce qu'elles répondirent : « Nous savions qu'on allait nous jeter en prison et les aliments du dîner seraient périmés puisque plus personne ne serait là pour les manger. Nous nous doutions bien que les messieurs de la police finiraient par venir. Nous avons commis un acte suffisamment grave pour qu'ils viennent nous chercher ».

A la cuisine, les officiers de police ont confirmé avoir trouvé sur la table des restes de pâté et un bavarois saccagé au milieu duquel reposaient deux cuillères ! Imaginez-vous scène plus effroyable ? Sur la table même où avait été posée la casserole en cuivre ayant préalablement servi à assommer Monsieur Bertaux-Chambon ! Après avoir commis l'irréparable, après avoir assassiné leurs maîtresses de leurs propres mains, les misérables n'ont rien trouvé de mieux que de se sustenter avec les mets prévus pour les invités du soir (un rôti intact, en attente de cuisson, a également été retrouvé sur la cuisinière, selon nos sources). Quelles natures monstrueuses se cachent donc sous le masque de ces deux bonnes ? Elles sont décrites dans le voisinage comme « revêches », « un peu bizarres » ou encore « pas causantes pour deux sous » mais Christine et Léa Lelièvre étaient encore et surtout des domestiques modèles, « travailleuses et propres », des « perles » sans histoires que beaucoup enviaient à la famille Bertaux-Chambon.

CHAPITRE 3

4 juin 1926

Je suis entrée dans la place il y a trois jours. C'est notre mère qui m'a accompagnée au 6 rue Pascal. Elle a parlementé pour les gages puis elle m'a laissée. Christine travaille déjà ici comme cuisinière. La maison est grande et un peu sombre, avec des meubles en chêne et de la belle vaisselle. Christine dit que ce n'est pas plus mal qu'ailleurs. Surtout, c'est la première place où on peut être ensemble. Madame a l'air stricte et la demoiselle nous regarde mais elle ne nous parle pas. J'ai à peine vu Monsieur. Comme je ne suis pas encore dressée, Madame me prend à part tous les matins pour m'apprendre les usages.

Je dois :

Regarder Madame dans les yeux lorsqu'elle me parle.

Aérer au moins dix minutes tous les matins pour chasser les germes.

Trier et compter le linge donné à la blanchisseuse.

Annoncer le nom des visiteurs sans l'aboyer

Exposer les robes, manteaux et châles en lainage à l'air tous les quinze jours.

Faire très attention de ne pas mettre trop de terre à foulon pour enlever les taches graisseuses.

Utiliser une brucelle pour relever les fleurs des chapeaux (pas les doigts, comme la Limousine qui vient de partir) et un plumail de toilette pour ôter la poussière des coques de ruban.

Nettoyer la cuvette des water-closets avec un peu d'acide chlorhydrique dilué dans de l'eau.

Nettoyer les vitres avec du lait de craie et du vinaigre.

Je ne dois pas *:*

Adresser la parole à Monsieur.

Adresser la parole à Mademoiselle.

Répondre « oui » ou « non » tout court mais « oui, madame ».

Froisser les collerettes de Madame et Mademoiselle.

Oublier de faire les barreaux de l'escalier.

Faire attendre les visiteurs.

Aboyer le nom des visiteurs (Madame y tient beaucoup à ça, il faut parler doucement*).*

Laisser de la poussière sur les cadres des tableaux du palier.

Casser de la vaisselle, sinon ce sera retenu sur mes gages.

Utiliser la brosse en poil de chèvre pour les chaussures (elle est réservée aux chapeaux en velours).

Gâcher le savon noir.

Et beaucoup d'autres choses encore.

« Nettoyer, c'est bien et ne pas salir, c'est mieux. »

Si je fais bien tout mon travail, je peux avoir deux heures de liberté dans l'après-midi, comme Christine.

*

Madame sait tout sur le dressage des bonnes. Elle a l'habitude, ça se voit tout de suite. Dans le tiroir de sa table de chevet, sous la bible, j'ai trouvé un livre qui s'appelle Madame et sa bonne. *La bonne, c'est nous. Sauf que dans le livre elle s'appelle Eugénie, et qu'elle a encore plus de travail à elle toute seule.*

J'ai montré le livre à Christine et on en a lu des passages. C'est rempli de conseils utiles pour Madame et pour sa bonne Eugénie. Il y est même écrit que Christine ne peut pas parler pendant le service :

Enseigner aux personnes qui sont chargées de la préparation et du service des mets l'importance du silence ; il empêche l'ensemencement des mets et la propagation de nombreuses maladies infectieuses.

Les mets, ce sont les plats. Je ne savais pas ce que voulait dire ce mot, « en-se-men-ce-ment », Christine dit que c'est comme semer dans un jardin et que les maîtres ont peur d'attraper des maladies de nous. Mais nous on n'est jamais malades et Christine n'a quand même pas la peste noire !

CHAPITRE 4

7 avril 1933. Interrogatoire de Léa Lelièvre par le Commissaire principal du Commissariat central de Clermont-Ferrand

Question. Donnez-moi vos noms, prénom et date de naissance.

Réponse. Je m'appelle Léa Lelièvre. Je suis née le 12 juillet 1911 à Volvic dans le Puy-de-Dôme.

Q. Adresse et profession ?

R. 6 rue Pascal, Clermont-Ferrand, Puy-de-Dôme. Je suis bonne chez Monsieur et Madame Bertaux-Chambon. Ma sœur est cuisinière.

Q. Vous voulez dire que vous *étiez* domestique chez Monsieur et Madame Bertaux-Chambon ?

R. Oui, c'est ça.

Q. Est-ce que vous savez pourquoi vous êtes ici, en salle d'interrogation ?

R. Oui. Ma sœur et moi, nous avons eu la peau de nos maîtres.

Q. C'est une formulation peu heureuse, Mademoiselle Lelièvre. Vous reconnaissez ainsi avoir sauvagement assassiné Monsieur, Madame et Mademoiselle Bertaux-Chambon ?

R. Oui, c'est ça.

Q. Pourquoi les avez-vous tués ?

R. C'était elles ou c'était nous. On préfère que ce soient nos patronnes. Pour Monsieur, c'est parce qu'il s'est trouvé là. Il aurait peut-être voulu les aider. On n'a pas eu le choix.

Q. Est-ce que vous regrettez votre geste ?

R. [*Après un silence*]. Nous n'avons aucun regret ou, autrement dit, je ne peux pas vous dire si nous en avons ou si nous n'en avons pas.

Q. Pourquoi avez-vous arraché les yeux de Madame et Mademoiselle Bertaux-Chambon ?

R. J'ai arraché l'œil de Madame et puis je l'ai lancé dans l'escalier. Du moins je crois que c'est ce que j'ai fait mais c'était peut-être celui de Mademoiselle.

Q. Vos trois victimes ont été tailladées à coups de couteaux, Madame et Mademoiselle Bertaux-Chambon ont été énucléées avec les doigts. Monsieur Bertaux-Chambon a été assommé avec une casserole en cuivre. Vous avez fait preuve, votre sœur et vous, d'un acharnement et d'une violence peu communs. Pourquoi avez-vous fait cela ?

R. Nous étions hors de nous. *[Pause]* Nous étions en furie.

Q. Est-ce que vous en vouliez particulièrement à vos maîtres ? S'était-il passé quelque chose ce jour-là ?

R. Je ne sais pas. On n'avait pas grand-chose à leur reprocher, c'était des maîtres. On ne leur parlait guère. Mais cette histoire d'omelette aux champignons, ça avait énervé ma sœur.

Q. Quelle histoire d'omelette aux champignons ? Que voulez-vous dire ?

R. Le matin, avant le marché, Madame avait commandé une omelette aux morilles à Christine. Le frère de Madame, Maître Verrière, devait venir pour dîner. Il est *friand* de champignons, comme Madame a dit à ma sœur. Christine n'aime pas faire cuire les morilles… ça lui donne mal à la tête. Et puis il y en a eu très peu dans les forêts, cette année, donc elles sont encore plus chères. Ça embêtait un peu Christine pour le budget.

Q. Mais pourquoi ? N'était-ce pas Monsieur et Madame Bertaux-Chambon qui payaient les frais d'alimentation ?

R. Oui. Seulement Christine a son budget. Madame lui donne toutes les semaines. Et si elle dépense trop pour les champignons le jeudi, il faut prendre du carrelet au lieu de la sole le vendredi. Et le carrelet, c'est moins bon que la sole, comme tout le monde sait.

Q. Votre sœur était très énervée pour cette raison ?

R. Non, enfin oui. Et puis les morilles, elle ne les avait pas achetées.

Q. Qu'est-ce que vous voulez dire ? Elle n'en a pas trouvé au marché ?

R. Si, mais elle ne les a pas prises.

Q. Pour quelle raison ?

R. …

Q. Vous ne voulez pas répondre à la question ?

R. C'est dans notre dossier.

Léa Lelièvre garde ensuite le silence et refuse de répondre à nos questions. Interrogatoire ajourné.

Extrait de l'interrogatoire de Léa Lelièvre, 8 avril 1933.

Q. Quels étaient vos rapports avec votre mère, Madame Germaine Lelièvre ?

R. Nous ne la voyions plus depuis plus de deux ans. Nous n'avons pas été élevées par Madame Lelièvre. Elle nous avait d'abord placées à La Providence, quand nous étions petites, et ensuite c'est elle qui nous trouvait les places. Elle voulait que nous partions de la rue Pascal. Alors, nous avons rompu avec elle. Nous ne la voyons plus depuis deux ans.

[...]

Q. Votre sœur et vous, est-ce que vous aviez prévu de tuer vos maîtresses cet après-midi-là ? Votre acte était-il prémédité ?

R. Non, si le coup avait été prémédité, il n'aurait certainement pas été si bien fait. Je veux dire par là que si nous avions réfléchi, nous n'en serions peut-être pas arrivées jusque-là.

[...]

Q. Madame et Mademoiselle Bertaux-Chambon ont été retrouvées à moitié déshabillées. Leurs jupes étaient relevées, leurs pantalons baissés et leurs organes génitaux exposés. Les jambes de Mademoiselle Bertaux-Chambon avaient été lacérées à de multiples reprises. Pourquoi avez-vous fait cela ?

R. [*Un léger sourire apparaît sur le visage de Léa Lelièvre*] C'était pour nous venger.

Q. Ce que vous dites est effroyable, Mademoiselle Lelièvre. Effacez ce sourire, je vous en prie. Vous vouliez vous venger de quoi ?

R. Je ne peux pas me plaindre, je sais ce qui m'attend.

Q. Est-ce que Madame vous traitait avec égards ?

R. Je ne sais pas.

Q. Est-ce qu'elle était bonne avec vous ?

R. Je ne sais pas. Mademoiselle nous parlait peu.

Q. Qui a relevé les jupes ? Est-ce vous ou votre sœur ? Pourquoi ?

R. C'est nous deux. [*Pause*]. Nous cherchions quelque chose dont la possession nous aurait rendues plus fortes.

Q. Votre sœur a tenu hier des propos incohérents. Elle nous a parlé de « puissance invisible » qui agissait sur vous. Qu'est-ce qu'elle voulait dire par là ?

R. Je confirme tout ce que ma sœur vous a dit. Tout s'est bien passé comme elle vous l'a dit. Pour ma part, je suis sourde et muette.

A partir de ce moment-là, Léa Lelièvre garde un silence obstiné. Interrogatoire ajourné.

CHAPITRE 5

Mademoiselle Marie-Hélène… Il va bien falloir parler d'elle, n'est-ce pas ? Mais par où commencer…

Elle se levait tard, tous les jours. Christine lui préparait un plateau (du café et des tartines avec de la marmelade amère de chez Fauchon) et moi j'allais le lui porter dans sa chambre. On faisait comme ça à l'époque. Je ne restais qu'une minute dans le sanctuaire bleu de Mademoiselle, le temps de poser le plateau sur sa table de chevet, de compter les papiers d'emballage de chocolats au pied du lit et de tirer les rideaux. Aucun regard, aucune parole n'étaient échangés avec Mademoiselle dans la chambre, jamais, ça c'est important de le mentionner si l'on veut comprendre notre dossier.

Pour sa part, je crois qu'elle a toujours cherché à partir, et même à fuir, les pièces où je me trouvais. Comme si j'étais porteuse de ces microbes qui obsédaient tant Madame Maman, ou, pire, d'une maladie mortelle à incubation très lente. Alors, vous pensez, quand j'étais dans sa chambre, elle n'avait qu'une hâte, c'était que je m'en aille, vite. Elle fermait les yeux, on aurait dit qu'elle mettait à exécution le vœu offert par sa marraine la bonne fée le jour de sa naissance. Au début, je n'y voyais aucun mal. Je crois qu'elle était belle, Mademoiselle Marie-Hélène, même si je n'ai jamais osé le dire à Christine parce qu'il ne faut pas mettre d'huile sur le feu. Il me semble qu'elle devait avoir peur de nous, de ce qu'on représentait, avec Christine.

Elle avait sur l'oreiller un long cou blanc, soyeux qui donnait envie de le serrer entre ses mains et des langueurs (ou des lenteurs) d'aigrette. Je pense parfois à Mademoiselle en voyant des flamants roses dans les documentaires animaliers qui passent le dimanche soir à la télévision. Elle flottait donc avec une grâce un peu raide dans la maison de la rue Pascal, même s'il ne fallait pas se fier à ces apparences de princesse : Mademoiselle mangeait comme une ogresse. Ça, Christine et moi, nous étions bien placées pour le savoir. Plus d'une fois nous avons été obligées de partager une part de viande ou un dessert parce que Mademoiselle s'était gavée comme une oie blanche sans aucune pensée pour ses prochaines. Encore que... Christine pensait qu'elle le faisait exprès pour nous nuire. Il est désormais trop tard pour le savoir.

Elle sortait rarement de la maison sans Madame, et seulement pour aller voir sa sœur aînée et ses petits neveux qui habitaient à quelques rues de là, impasse Sainte-Philomène. Elle était toujours fourrée dans les jupons marron de Madame Maman, qui la commandait comme une grande gamine. Ce qu'il y a de sûr, c'est qu'ils ne se pressaient pas de la marier, les Bertaux-Chambon. Nous n'avons entendu aucun mot là-dessus, Christine et moi. Peut-être était-ce là le sujet de certaines messes basses entre Madame Maman et Monsieur. Qu'est-ce que j'en sais, la maison de la rue Pascal était remplie de chuchotements. Ça murmurait de tous les côtés. C'est bien simple, Christine et moi, on avait toujours l'impression de tomber sur un pot aux roses en passant devant une porte.

Mademoiselle Marie-Hélène était une vraie demoiselle de bonne famille bien lissée dans les apparences dont je rinçais tous les mois les culottes tachées par les menstrues. Elle les laissait pour moi dans la panière de la buanderie. Je les frottais au savon noir avant de les donner à la blanchisseuse, avec les miennes et celles de Christine (pour Madame Maman, c'était trop tard). Parfois ça nous tombait dessus à toutes les trois en même temps (c'est d'ailleurs ce qui s'est passé juste avant la tragédie), ça faisait alors beaucoup de sang à rincer. L'odeur métallique montait de la cuvette en céramique et pesait sur moi comme un couvercle tandis que je frottais et frottais la mousse rouge et brune. Peut-être que je l'ai haïe à ce moment-là.

Que vous dire de plus ? Mademoiselle était triste. Enfin, disons plutôt qu'elle ne souriait guère. Elle ne devait pas lire « La Page de la Femme » dans le journal. C'était une très bonne page avec des conseils de mode et d'autres choses utiles. Après le feuilleton et les faits divers, c'est la page qui nous intéressait le plus, Christine et moi (les Bertaux-Chambon laissaient le journal pour nous sur la table du bas, on le lisait dans notre lit, le soir). Il y était souvent dit qu'une jeune fille, surtout une jeune fille de bonne famille comme Mademoiselle, ne devait jamais être *maussade.* La maussaderie, c'est un ennui de vivre qui est un détestable microbe et comme une maladie de l'âme. *Une jeune dame doit être gaie, c'est un devoir qu'elle a envers sa famille.* Mademoiselle ne semblait pas se rendre compte de ça ou alors elle s'en fichait de ses devoirs, comme de l'an quarante. Ma sœur et moi, nous ne souriions pas plus. Mais il faut dire aussi que nous n'avions plus de famille et que nous n'étions pas payées pour ça.

Un jour, un incident s'est produit qui a laissé des marques sur nous, sur moi surtout. Mais ici il vaut mieux que je ralentisse, que j'avance à pas de loup pour ne pas effrayer ce souvenir. Pour qu'il ne s'envole pas, on doit prendre les mêmes précautions qu'avec un jeune animal sauvage, on doit d'abord l'observer de loin. Sinon, on croit tenir quelque chose, on ne prend pas garde et puis, soudain, pof, plus rien, pas même un fragment, tout s'est envolé comme une nuée de moineaux. Je vais tenter de clarifier, d'expliquer ce qui s'est passé ce jour-là.

On devait être chez les Bertaux-Chambon depuis au moins deux ans, donc on connaissait le service et les habitudes de la maison sur la pointe des ongles et le bout des doigts. C'était un jeudi, ça c'est sûr, parce que je venais de finir la chambre de Mademoiselle et que la chambre de Mademoiselle, c'était le jeudi (celle de Madame Maman, c'était le mardi). J'étais en train de faire le salon, et plus précisément de passer le chiffon sur le buffet où se trouvait le fameux vase *j'y-tiens-beaucoup-Léa-vous-y-faites*-très-*attention* de Madame. Un vase bleu en porcelaine de Sèvres avec un décor africain : on y voyait une jeune dame en robe blanche avec une ombrelle rose qui regardait travailler des esclaves dans un champ (avec ma sœur, on trouvait qu'elle ressemblait un peu à Mademoiselle ; Christine riait que les esclaves, c'était nous). Donc, comme je disais, je vois Mademoiselle qui passe devant la porte. Elle passe la tête et me demande d'une voix doucereuse (c'est-à-dire douce et dangereuse à la fois) de venir dans sa chambre. Madame Maman faisait souvent ça – la plupart du temps pour me faire des reproches plus ou moins mérités avec une mine longue d'enterrement – mais Mademoiselle, non, ce n'était pas dans ses habitudes, je crois même que ce n'était jamais arrivé alors, forcément, ça m'avait mis les puces aux oreilles. On arrive au milieu de la pièce, elle me fait signe de m'approcher et sans me regarder, elle pointe du doigt le parquet ciré au pied de son lit en disant « Là. ». Elle n'a rien dit d'autre. Sous le lit, bien visible, il y avait un dessous chiffonné avec des taches de sang. J'avais fait la chambre le matin même. Ça n'y était pas.

J'ai regardé Mademoiselle qui regardait le dessous. Elle avait un air de triomphe. Alors, je me suis agenouillée et je l'ai ramassé. Je suis sortie tout de suite après sans regarder Mademoiselle.

Le soir même, j'ai cassé un bol et me suis coupé un doigt en faisant la vaisselle, l'eau est devenue toute rouge, à gros bouillons, il a fallu tout recommencer. Christine m'a soignée avec du mercurochrome. Le prix du bol a été retenu sur mes gages, comme c'était l'habitude.

Ma sœur et moi, on a souvent reparlé de l'épisode. C'est l'un des tout premiers signes que, dans la maison de la rue Pascal, quelque chose couvait sous la surface, qu'il était difficile d'ignorer. Le dessous, je l'ai gardé. Je l'ai mis dans une bonbonnière en papier mâché qu'on avait gagnée à la fête foraine. Je l'ai encore, pour preuve, si la grosse n'est pas allée fourrer son long nez dans la boîte en fer rouge qui se trouve sur l'étagère de ma chambre. Mademoiselle, elle, n'a jamais mentionné le dessous, ni sa disparition, et je crois que Madame Maman n'en a rien su. Mais à partir de ce jour-là, ou peu de temps après, l'atmosphère est devenue épaisse à couper au coutelas et les choses ont pris un tour plus sombre, jusqu'à cette après-midi d'avril dont je vous parlais (avec la tragédie dont nous sommes coupables même si nous n'avons pas prémédité le coup). Bref, l'orage s'était amassé et il a fini par éclater.

En surface, au regard du visiteur, rien n'avait changé. Mais les événements qui se produisaient à notre insu dans la maison de la rue Pascal pesaient de plus en plus comme un ciel bas et lourd sur nous. Mademoiselle se transformait à vue d'œil, et pas seulement dans son apparence physique, vous comprenez, même si c'est vrai qu'elle avait un peu grossi les derniers temps. Ma sœur et moi, nous avons été obligées de nous rendre à l'évidence : Mademoiselle était *occupée*. Christine l'a compris tout de suite, c'est elle qui me l'a dit. Désormais nous étions aux aguets et sur le qui-vive, en quête du moindre signe.

C'est à peu près vers cette époque que les pensées noires sont venues en visite la nuit. On ne savait jamais quand elles allaient arriver, c'était ça le problème. Et ça nous nuisait parce qu'on était fatiguées pour faire le service le lendemain. Un matin, j'ai trouvé ma sœur Christine remuée hors d'elle-même au réveil. Elle était toute trempée de mauvaise sueur. Ses yeux ne me voyaient plus et elle a mis un grand moment pour se calmer et me raconter. Elle a dit que Madame Maman était au courant mais qu'elle ne faisait rien pour chasser les ondes, au contraire, ça l'arrangeait. Voilà ce qui se passait : la nuit, Christine était transformée en homme par des puissances invisibles qui se cachaient dans la maison. Quelque chose lui poussait entre les jambes qui la démangeait. Elle m'a dit qu'elle pouvait sentir bouger la chose et ça lui faisait très peur. Christine ne pouvait rien y faire, elle ne pouvait pas lutter, cela se passait contre sa volonté. Heureusement, quand on a vérifié ce matin-là, rien n'avait poussé. Du coup, Christine s'est sentie un peu mieux, et moi aussi. On a fini notre toilette et on est allées faire le service comme si de rien n'était, ce jour-là.

Mais ça a recommencé.

CHAPITRE 6

Les Bertaux-Chambon partaient plusieurs fois par an *en villégiature* (souvent en Corrèze car la famille de Madame Maman y avait un château), alors ma sœur et moi on restait seules pour garder la maison de la rue Pascal. Je me souviens d'un été – ça devait être un an ou deux avant les événements – où ils étaient allés à Trouville pour trois semaines. Ils étaient partis prendre les eaux de mer. Ils paraissaient beaucoup y tenir, aux eaux, surtout ces dames.

Une voiture était venue les chercher pour les amener à la gare. Ils nous avaient chargées de faire suivre le courrier tous les jours. Madame l'avait rappelé à Christine juste avant le départ, juste avant de monter en voiture, *surtout vous n'oublierez pas, Christine, pour le courrier.*

Ma sœur et moi, nous allions donc tous les jours au bureau de poste. Ça nous faisait une promenade dans l'après-midi. Nous avions gardé la même routine ou presque pour le ménage du matin, mais nous nous levions plus tard. Évidemment, le service était simplifié. Nous mangions dans notre chambre des fruits et des gâteaux achetés à la boulangerie Pavée : des pains de Gênes ou des madeleines pour moi et des brioches pour Christine.

L'après-midi, nous allions voir passer les trains à la gare. Nous traversions le jardin Lecoq, nous descendions l'avenue Blaise Pascal et, une fois à la gare, nous nous asseyions sur notre banc, toujours le même, à l'ombre, un peu éloigné de l'entrée principale. Pendant un long moment, nous regardions les voyageurs qui montaient et qui descendaient du train. C'était très reposant. Et intéressant aussi. Nous essayions de deviner ce qu'ils faisaient dans la vie et ce qu'ils pouvaient cacher. Les gens ont toujours quelque chose à cacher. Monsieur, c'était ses affaires. Madame Maman, elle, avait des cheveux postiches. Elle devait croire que ma sœur et moi nous n'étions pas au courant mais nous étions au courant de tout. Nous ne laissions rien passer. Quant à Mademoiselle, elle couvrait son cœur en pierre de Volvic sous des chemises brodées et on ne m'enlèvera pas de l'idée que les pires malices fourmillaient sous ses jupes en velours.

Cet été-là, les dames avaient des robes fleuries et des chapeaux à bords très larges, ça nous donnait des idées, parce que ma sœur et moi on a toujours aimé ça, la toilette. On a toujours été bien mises (tant pis si ça déplaisait à certaines). Parfois, on voyait une personne de notre connaissance, Christine avait même une fois cru apercevoir Madame Lelièvre, notre mère, qui entrait dans le hall. Mais elle s'était peut-être trompée, qui sait. De toute façon, cela importait peu, nous n'avions pas parlé à cette femme depuis des mois et même des années, et nous n'avions pas répondu à ses lettres. Elle avait une mauvaise influence sur nous.

Après, nous rentrions rue Pascal en longeant les murs pour éviter le soleil qui tapait encore très fort. Le soir, Christine nous faisait cuire des œufs au miroir que nous mangions avec des tartines de fromage, des pêches et des confitures. Heureusement, la maison de la rue Pascal restait fraîche. Comme nous ne pouvions plus lire *La Vie arverne*, puisque nous devions l'envoyer tous les jours à Monsieur à l'Hôtel des Roches noires de Trouville, nous avions davantage de temps pour nos *travaux d'aiguille*. Christine continuait de broder nos chemises avec ses doigts de fée. Moi j'étais trop énervée pour rester en haut dans notre chambre alors je descendais dans les appartements. Parfois Christine venait avec moi.

On allait visiter la chambre de Mademoiselle Marie-Hélène. Et aussi celle de Madame Maman.

On ouvrait les armoires, on fouillait les tiroirs. On grimaçait dans les miroirs et on cherchait à comprendre ce qui nous avait mises dans cet état. Ah, nous étions belles à voir, comme ça toutes déchevelées ! Chaque objet contenait en germe une menace, jusqu'au missel de Mademoiselle. On cherchait, on cherchait. Et toujours il fallait en sortant effacer les traces de notre passage jusqu'à la dernière, parce qu'il en allait de notre vie ou de notre mort. De l'âme, j'entends.

Dans la nuit, nous dormions mal. Nous étions visitées par des pensées plus noires que les charbons de St-Eloy. Nous savions que nous étions sous l'influence de puissances invisibles parce qu'il y avait une trop grande jalousie qui pesait sur nous.

Ce n'est pas parce qu'on est en service qu'on a le droit de séquestrer les gens et de les manipuler de la sorte. Personne n'a le droit de faire ça. Personne. Ma sœur et moi, nous étions les maîtresses de nous-mêmes. Il aura pourtant fallu qu'on montre notre force.

*

Après avoir longtemps tourné le pour et le contre dans notre tête, on avait décidé de demander de l'aide. La situation était grave. Comme nous n'avions pas de famille (nous avions déjà rompu avec notre mère Madame Lelièvre, nous n'avons pas connu notre père et nous étions sans nouvelles d'Émilia, notre sœur religieuse), il ne restait plus que le curé et le maire pour nous écouter. Certes, on allait à la messe les dimanches, comme tout le monde, mais on n'avait pas dans l'idée d'être de bonnes ouailles et il faut bien dire que la religion, ça ne nous intéressait pas (on en avait fait toute une cure à La Providence). Et puis, le curé, on ne lui faisait pas confiance. Notre mère Madame

Lelièvre nous avait toujours seriné de nous méfier des catholiques et, là-dessus, elle avait raison, ce sont souvent de vilains moineaux. Nous n'allions d'ailleurs plus à confesse depuis au moins trois ans car il voulait savoir des choses qui ne regardent personne, pas même Dieu.

Donc, au bout du compte, il ne restait que le Maire. On ne l'avait jamais rencontré en personne mais il se devait sûrement d'écouter les citoyennes de sa ville si elles avaient des problèmes qui tombaient sous le coup de la loi. Il fallait donc qu'on demande un rendez-vous à Monsieur le Maire à la mairie de Clermont-Ferrand. Voilà ce qu'on s'était dit, ma sœur et moi, même si ça n'avait pas été une décision facile pour nous.

Christine avait décidé de préparer le terrain en lui envoyant une lettre.

CHAPITRE 7

Aujourd'hui, nous sommes allées à la Mairie de la ville de Clermont-Ferrand, Puy de Dôme, pour exposer la vérité, suite à la lettre envoyée par ma sœur. Il y a beaucoup en jeu pour nous. Notre avenir même en dépend, comme dit Christine. Nous avons choisi nos effets avec soin. Je portais la chemise brodée au point d'Alençon que ma sœur m'avait offerte pour mon anniversaire, le manteau de cotonnade blanc de Madame Maman et mon sac de dame noir. Malgré la chaleur nous avions toutes les deux mis des gants blancs. Il est de la plus haute importance de faire bonne impression. Ils ne pourront pas dire qu'ils ont eu affaire à des souillons. Pour ma part, j'étais très nerveuse, j'ai même été malade dans le cabinet du jardin avant de partir. Je n'osais pas parler à Christine. Elle avait l'air inquiète, elle se parlait toute seule en arrangeant sa coiffure.

On a bien failli ne pas y aller.

Et puis on s'est regardées, on a regardé la photo de nous deux sur la petite table et on est allées vérifier notre reflet dans le grand miroir de Madame Maman. On dirait vraiment des jumelles. Alors on a compris qu'on n'avait pas le choix, qu'une telle occasion ne se représenterait peut-être jamais, ou en tout cas pas avant longtemps.

Lorsque la porte a claqué derrière nous, j'ai repensé à toutes ces maisons que j'avais quittées pour la dernière fois. Avec notre mère, Madame Lelièvre, jamais avec Christine. Je ne l'ai pas dit à Christine mais je me suis demandé si nous allions revenir et ça m'a fait un peu peur. Un peu chaud au cœur aussi. En tout cas, j'étais contente de marcher dans les rues de la ville avec elle.

Ils nous ont fait attendre dans une petite pièce à côté du bureau de Monsieur le Maire.

Puis on nous a demandé d'entrer. Monsieur le Maire s'est levé de son grand bureau en bois verni, il a dit « ah, mesdemoiselles ! » et nos noms. Il avait l'air content de nous voir. Mais c'est à peine si Christine lui a laissé le temps de finir les salutations d'usage. Elle a tout déballé d'un coup, c'est parti comme ça. Elle parle bien ma sœur, elle en impose, moi je n'aurais pas pu. Je n'ai d'ailleurs pas prononcé un seul mot. Christine leur a dit ce qu'on en pensait, qu'ils ne pouvaient pas continuer de nous persécuter comme ça. Ce n'est pas juste pour nous et c'est à Monsieur le Maire de faire régner la justice et la loi des hommes. Ça, elle le lui a fait bien comprendre, à Monsieur le Maire. S'il ne nous défend pas, il va contre la justice et la loi des hommes, il ne fait pas son devoir. Christine s'est un peu énervée. C'est très grave, vous essayez de nous nuire, elle lui a encore dit en le regardant droit dans les yeux. Quand elle a expliqué pour la séquestration, Monsieur le Maire a eu l'air remué. Il regardait l'autre homme en se caressant la barbe, il était clair qu'il ne savait pas quoi penser.

La situation ne peut plus durer, nous n'allons pas nous laisser faire, a conclu Christine. Là encore, j'ai hoché la tête pour l'approuver parce que c'est vrai que la situation est intenable et que ça ne peut plus durer. Puis nous nous sommes levées et nous avons pris congé sans regarder derrière nous.

En revenant, nous sommes tout de suite allées nous changer. J'ai brossé le manteau blanc avant de le remettre dans la penderie de Madame Maman. On dirait que la pièce est devenue un peu plus supportable qu'avant. J'ai enfilé mon tablier pour aller faire l'argenterie de la salle à manger.

Christine est énervée, elle ne sait pas s'il faut espérer le moindre secours du maire, ni du commissaire central. Elle m'a demandé si j'avais vu la façon dont ils s'étaient regardés, les hommes de la mairie. Certainement que je l'avais vue. Elle dit qu'ils sont de mèche contre nous. Et qu'il va falloir prendre notre mal en patience. Désormais, on ne peut plus compter que sur nous-mêmes.

Ils rentrent dans trois jours.

CHAPITRE 8

Je me souviens de ces journées grises et étranges dans le bocal de la rue Pascal. Nous étouffions comme des carpes hors de l'eau.

Christine partait faire les courses au marché tous les matins ou presque mais moi j'étais dans les appartements, jour après jour, et le dedans m'empêchait de respirer. Alors, quand c'était possible, nous allions ensemble l'après-midi à la place de Jaude ou jusqu'au jardin Lecoq (pour voir les cygnes et aussi les poissons dans le bassin).

La situation n'était guère mieux dehors pourtant, on s'en est vite rendu compte. Ça commençait dès qu'on sortait de la maison.

A première vue, tout était là. La fontaine du Terrail, à quelques pas, la boucherie chevaline avec les lourdes carcasses pendues à des crochets, le magasin de nouveautés de la rue du Terrail (qui était aussi un grand magasin de deuil, ils pouvaient vous faire un deuil complet en 12 heures, c'était marqué dans la devanture), tous ces repères familiers se tenaient bien à leur place. On reconnaissait les maisons en pierres noires et les rues aussi. Mais certaines fois – je ne sais pas comment dire ça autrement –, tout semblait recouvert d'une couche de gelée, aussi visqueuse et tremblotante qu'un aspic de volaille.

L'espace et les gens étaient décalés. La boucherie chevaline, par exemple, n'était pas réelle. Certes, on voyait des clients qui entraient pour acheter de la viande et ils en sortaient, comme d'habitude, du moins en apparence. Mais on aurait dit des masques. Et la tête de cheval avait l'air de rire de nous dans la vitrine, devant les carreaux rouges et bleus. Elle était verdâtre, peut-être avait-elle séjourné dans une mare. Clairement, elle avait viré. Tout cela faisait sans doute partie d'un carnaval alors que ce n'était même pas Mardi gras. Les sourires se figeaient en nous voyant, et toujours, toujours, ces regards appuyés lors de notre passage, parfois accompagnés aussi de messes basses dont nous n'étions pas dupes.

C'était très pénible pour nous et ça nous effrayait quand ça se produisait parce que c'était un signe certain que les ondes étaient sorties de la maison de la rue Pascal pour se répandre dans les environs. Nous avions beau faire comme si de rien n'était, Christine et moi, ça débordait de tous les côtés et nous n'étions plus en mesure de les contenir. Les derniers temps, on faisait un long détour par la rue Verdier Latour pour ne pas passer devant la boucherie de la place du Terrail, ou alors on filait vite sans regarder afin d'éviter les contrariétés.

Heureusement, ces épisodes étranges ne duraient pas, en général. Mais nous en avions vu suffisamment pour savoir que nous avions été l'objet d'un enchantement. Et la source de ce mauvais sort, c'était très clair pour nous, se trouvait dans la maison de la rue Pascal.

Les recherches ont repris de plus belle, pendant de longues semaines. Dès que nous avions une minute de libre, aussitôt qu'ils s'absentaient, nous laissions de côté notre ouvrage dans la mesure du possible, et nous procédions à des fouilles. Dans les appartements, dans le jardin, jusqu'au garde-manger, rien ne nous a échappé, nous avons tout passé au peigne très fin, ma sœur et moi. Nous connaissions la maison comme la poche de notre tablier, ce qui nous simplifiait pas mal la tâche, même si c'était en vain.

Et puis un jour, comme ça, sans prévenir, l'évidence a fondu sur nous. Sur Christine, en fait (comme je vous l'ai déjà dit, ma sœur était très intelligente). On a alors compris que ça venait au moins en partie de *la bague* de Madame Maman. De son saphir en forme de poire. La réponse était là, agitée sous notre nez, plusieurs fois par jour. On a trouvé ça drôlement gonflé. Mais très fort aussi. Elle contrôlait les rayons et les ondes divines, elle pouvait agir sur nous à sa guise, en toute discrétion. Elle nous envoyait ses malices et maléfices à longueur de journée si ça lui chantait. Or ça déformait jusqu'à l'image qu'on avait de nous dans les miroirs. On ne se reconnaissait plus.

Mais ce n'est pas tout. Ça passait aussi par Mademoiselle.

*

C'est au jardin Lecoq qu'on s'est aperçues de la métamorphose. Voilà ce qui s'était produit à notre insu : Mademoiselle se glissait dans le corps de l'un des cygnes du jardin Lecoq. Christine me l'a fait remarquer alors qu'on se tenait devant le grand bassin. J'ai bien vu que quelque chose clochait. Sa respiration s'est accélérée et, sans dire un mot, elle a tendu le doigt vers un cygne qui se tenait un peu à l'écart des autres. J'ai tout de suite compris ce qu'elle voulait dire. Elle avait raison, bien sûr : le cygne blanc au bec un peu moins orange que les autres ressemblait à Mademoiselle comme deux gouttes d'eau si l'on voulait bien se donner la peine d'y regarder d'un peu plus près. La sale bête nous poursuivait donc partout. Nous ne pouvions être en paix nulle part. Nous avons convenu de l'ignorer, c'était la ligne de conduite la plus prudente étant donné les circonstances dans lesquelles nous nous trouvions. Nous avons donc longé le bassin vers la sortie, en évitant soigneusement tout contact visuel avec le prétendu cygne. C'est le cœur et la tête bien lourds, et le noir à l'âme (oui, le noir à l'âme, c'est comme ça qu'ils disaient dans le feuilleton qu'on lisait, ma sœur et moi, tous les soirs), que nous avons regagné la maison de la rue Pascal.

Ma sœur et moi nous avions compris qu'il était de la plus haute importance de ne rien laisser paraître. Car des yeux invisibles étaient posés sur nous. Nous étions pour ainsi dire *sous surveillance*. Des commères tapies derrière leurs fenêtres aux chats sauvages du voisinage en passant par les hirondelles dans le ciel qui, les matins sereins, effleuraient la Pomone de plâtre du jardin, tout pouvait à tout moment se retourner contre nous. Mais désormais plus rien ne nous échappait. L'effet de surprise s'était évaporé, ils en étaient pour leurs frais. Nos yeux s'étaient ouverts sur le monde tel qu'il était dans sa cruauté et sa jalousie. Le voile de dissimulation s'était déchiré, une bonne fois pour toutes. Nous étions enfin éclairées.

*

Il voulait tout savoir, le docteur Schwartz (je vais l'appeler comme ça pour simplifier). Il voulait qu'on parle de notre mère, Madame Lelièvre. Il voulait savoir pourquoi on ne la voyait plus. Ah ça, par exemple ! On n'a pas lâché le morceau mais voici ce qu'il en était : elle nous indisposait, cette femme, Madame Lelièvre. Elle n'était jamais contente. Elle avait toujours des réflexions à faire sur notre mise et sur notre mine, qui ne lui convenaient pas, ou rarement.

Ce n'est pas pour autant qu'on avait envie de chanter devant ce médicastre mal luné. Qu'est-ce que ça avait à voir avec la tragédie, de toute façon ? Il faut toujours qu'ils mélangent tout !

Il nous a aussi posé des questions sur La Providence : c'est le nom de l'orphelinat des pauvres où Madame Lelièvre nous avait envoyées jusqu'à l'âge de treize ans (pour ne pas nous avoir dans ses pattes). Notre sœur Émilia y était restée pour devenir bonne sœur, ce qui avait beaucoup énervé Madame Lelièvre. Évidemment elle aurait préféré la placer, comme nous. Ça l'intéressait drôlement, ça, le docteur des fous. Il voulait tout savoir sur La Providence. Et il m'a demandé si moi aussi je voulais être bonne sœur comme ma sœur Émilia. Mais moi je lui ai dit que je préférais être bonne tout court comme ma sœur Christine. Servir le Bon Dieu, ça ne nous tentait pas trop. Quant à la Providence, nous n'avions pas grand-chose à en dire ou, autrement dit, nous n'avions pas d'opinion là-dessus.

Sur le plan financier, on n'avait aucun souci à se faire. Christine avait su mener notre barque de main de maîtresse. Nous étions en possession d'économies importantes, très importantes, même. Je peux bien le dire aujourd'hui, nous avions plus de 20000 francs (anciens !) placés sur notre livret de Caisse d'Épargne. Et je ne parle pas des billets qu'on avait placés dans notre armoire, sous les bonnets en poil de castor (achetés une fortune, même en soldes, à la bonneterie de la rue Blatin).

Ils nous ont tout pris après la tragédie, jusqu'aux bonnets en castor. Je n'avais plus un seul sou vaillant et trébuchant en poche quand je suis sortie de prison, notre fortune a été engloutie dans ce procès.

Notre mère, Madame Lelièvre, avait toujours eu des vues sur nos gages. Entre ça et le fait qu'elle critiquait notre toilette (qui ne la regardait en rien au bout du compte), elle nous indisposait, ma sœur et moi. Au début, quand on était très jeunes, je parle d'avant l'émancipation de Christine, c'est elle qui nous plaçait en service dans des maisons. On lui donnait notre argent. On ne restait jamais bien longtemps. Madame Lelièvre venait souvent demander de l'augmentation et les maîtres n'aimaient pas ça, alors elle nous faisait donner nos huit jours et allait nous placer ailleurs. Quand on est arrivées rue Pascal, Madame Bertaux-Chambon a tout de suite vu son manège. Elle a dit à Christine qu'on avait bien le droit de profiter un peu de nos gages et qu'il valait mieux tenir Madame Lelièvre à distance. C'est alors qu'on a commencé à faire des économies pour nous. Il faut savoir ça sur Madame Maman, qu'elle nous a aidées. On était plutôt contentes, nous, mais la situation ne plaisait pas à Madame Lelièvre. Il a donc fallu qu'on se sépare d'elle une bonne fois pour toutes.

La dernière fois qu'on l'a vue (je parle de Madame Lelièvre), ça devait être environ deux ans avant la tragédie de la rue Pascal. Elle était venue sonner en début d'après-midi et Christine n'avait pas pu faire autrement que de la faire entrer dans la cuisine. Je suis allée les rejoindre. Elles étaient assombries comme des orages, et j'ai bien cru qu'elles allaient se sauter à la gorge.

Ça s'est très mal passé. Plus encore que la fois d'avant.

Elle a dit à Christine qu'elle cherchait à me détourner d'elle, sa propre mère. Que c'était de sa faute, à Christine, si je ne venais plus, moi Léa, la voir aussi souvent. Elle a dit qu'il fallait partir de cette maison parce qu'on nous exploitait et que les Bertaux-Chambon avaient refusé d'augmenter nos gages. Elle trouvait aussi que Madame et Mademoiselle Bertaux-Chambon la regardaient avec un drôle de sourire quand elles la croisaient en ville. Elles avaient l'air de se moquer. Il était clair que ces dames la méprisaient, elle, Madame Lelièvre (qui n'était peut-être pas riche mais qui en valait pourtant bien une autre).

Christine lui a dit que nous, nous trouvions que nous étions plutôt bien ici. Et c'était vrai que, même si le service était difficile, la place n'était pas trop mauvaise (Madame Maman ne nous jouait pas encore de tours avec sa bague). Nous avions bien réfléchi, pesé le pour et le contre et séparé le bon grain de l'ivraie. Nous en étions arrivées à la conclusion que nous allions rester en service chez les

Bertaux-Chambon, en dépit des malices qui pouvaient nous arriver. Nous étions assez bien nourries et assez bien logées et assez bien payées (Christine touchait 300 francs par mois et moi 200 francs), et comme il y avait des ennuis partout, nous allions rester dans la maison de la rue Pascal. Toutes les deux. Ensemble. Ma sœur et moi. C'est ce que Christine lui a dit.

Alors, Madame Lelièvre s'est mise à hurler « Vous savez ce que vous faites ? vous tuez votre mère ! Vous savez ce que vous faites ? vous tuez votre mère ! ». Ça, c'était une exagération parce que nous ne la touchions même pas. Mais elle était très agitée, et elle avait l'air d'y croire. Notre mère aimait tant l'argent et cette situation était nouvelle pour elle. Elle s'est mise à parler de notre père, de notre sœur aînée Emilia qui était religieuse et que les catholiques lui avaient déjà enlevée, et elle a dit que ce serait bien fait si la malédiction du mauvais œil tombait sur nous, qu'elle ne voulait pas y être mêlée et qu'elle nous avait suffisamment prévenues comme ça. Puis elle est partie presque en courant. Elle a claqué la porte. Avec Christine, on s'est regardées.

C'est alors que Madame Bertaux-Chambon a fait son entrée. Elle n'avait pas l'air contente, ses narines remuaient à toute allure, comme celles d'un lapin. Elle a dit à Christine qu'elle ne voulait plus voir notre mère Madame Lelièvre chez elle. Plus jamais. Même pour venir nous chercher. La maison de la rue Pascal n'était pas le genre de maison où l'on se permettait de faire des scènes. Elle avait son ton de glace quand elle disait ça.

Christine lui a dit que c'était fini. Notre mère ne remettrait plus les pieds ici. C'est après ça que Madame Bertaux-Chambon est devenue Madame Maman. Il fallait bien.

Et Madame Lelièvre, nous ne l'avons plus revue. Seulement au procès, quand il était trop tard, que tout était déjà joué. Elle a juste dit au juge d'une voix pleurarde qu'elle ne comprenait pas. Nous étions de bonnes petites bien élevées, il lui semblait impossible que nous ayons pu commettre des horreurs pareilles. Elle a dit qu'elle ne voulait dire du mal de personne. Elle a dit aussi que quelqu'un avait dû forcer notre main.

*

Que pouvait-elle faire, ma sœur, contre ces vibrations qu'elle ressentait dans tout son corps et jusque dans sa tête ? De plus en plus souvent, la nuit, elle se transformait en homme. Madame Maman faisait commettre des souillures nocturnes sur la personne de Christine. Et quand Christine la voyait le matin pour les ordres de la journée, elle faisait comme si de rien n'était, Madame Maman. Elle parlait de la note d'épicerie, du pain de la nouvelle boulangerie et, dans son œil sournois et éteint de hareng saur, Christine ne voyait rien d'inhabituel. Elle cachait si bien son jeu. Personne, non personne n'aurait pu deviner que la très honorable Madame Bertaux-Chambon de la rue Pascal se livrait à une séquestration d'âme contre ses bonnes.

Peu avant la tragédie, les tentatives pour nous subjuguer se succédaient sans relâche, on ne savait plus où donner de la tête. Les malices pouvaient prendre des formes très diverses. Une fois, elles étaient même intervenues *dans le placard aux confitures* – ma sœur en aurait mis sa main au fourneau. Il fallait quand même un sacré culot pour que Madame Maman vienne nous chercher noise (ou noisette ?) jusque dans les domaines de Christine. Voilà ce qu'il s'était passé : Christine avait fait de la très bonne confiture de mirabelles (juste une parenthèse pour vous dire que ma sœur était loin d'être une gâte-sauce, c'était même un vrai cordon ; les Bertaux-Chambon en auraient certainement convenu s'ils avaient pu témoigner au procès, mais évidemment ils étaient dans l'incapacité), elle mettait les pots en verre sur la plus haute étagère du placard à provisions, recouverts d'une feuille de tissu. Des confitures, elle n'en faisait pas qu'à la mirabelle, il y en avait aussi à la rhubarbe (la préférée de Monsieur), à la groseille, à la fraise et au cassis. Or un matin, Christine s'aperçoit qu'un pot de confiture de mirabelles s'était pour ainsi dire volatilisé dans la nature et qu'il y avait à la place, à cet endroit de l'étagère (ma sœur savait où elle mettait ses confitures) *un pot de miel*. Ça l'a interloquée, forcément, mais ce n'est pas fini. Pile ce jour-là, au déjeuner, Madame complimente Christine sur son rôti de veau aux carottes d'une voix des plus *mielleuses*, alors qu'elle ne fait jamais ça d'habitude, elle nous parle sur un ton froid et pincé. On aurait cru que Monsieur en avait avalé son rond de serviette de travers tellement ça l'étonnait d'entendre parler Madame Maman avec cette voix-là – il se contentait de répéter « oui, oui, c'est vrai qu'il est très bon ce rôti » en hochant la tête d'un air un peu idiot. Quant à Mademoiselle, à force de jeter des coups d'yeux en direction de Madame Maman, elle en avait oublié de se resservir. Et ce n'est pas tout. Au moment du dessert, Madame se met à parler d'un Creusois noisettes *et miel*, qu'elle avait soi-disant mangé chez son amie Madame Larrivée. Coïncidence ? Certainement pas ! Elle faisait passer un message que seules ma sœur et moi pouvions comprendre. On a compris que c'était une mise en garde qui nous était destinée. C'était sa façon de nous montrer le pouvoir qu'elle avait sur nous, jusque dans les domaines de Christine. Je ne sais pas si vous vous rendez compte de ce que ça signifiait pour nous. On ne pouvait se plaindre à personne, on avait déjà été échaudées (après le fiasco de la Mairie). Qui nous aurait crues ?

Elle savait bien qu'elle nous tenait. Ce n'était pas une question de confiture ou de miel – un simple détail domestique dont on se fichait (on aimait d'ailleurs autant l'un que l'autre). Mais elle exerçait ses malices contre nous jusque dans les moindres recoins pour être les maîtresses de nous. Et ça, on avait du mal à l'accepter. Elle dépassait les bornes, Madame Maman. Notre patience avait ses limites, que la raison ne connaissait pas.

CHAPITRE 9

J'appelle la grosse « Eugénie » pour simplifier. Et aussi parce que je ne peux pas l'appeler la grosse, ça ferait encore plein d'histoires. J'ai bien essayé de la dresser, du moins au début, mais ça n'a pas marché. Je lui ai dit Eugénie, ma fille, il faudrait voir à mettre du cœur à l'ouvrage et de l'eau de Javel dans votre seau (la javel est un produit moderne qui remplace le chlorure de chaux), parce que cet appartement ne va pas se nettoyer tout seul. Comme elle n'a pas l'air de comprendre même les instructions les plus simples – elle n'est pas intelligente pour deux sous –, je l'ai prise à part pour tenter de l'éduquer. Pour ce faire, je lui ai lu des passages de *Madame et sa bonne*, un ouvrage écrit en 1925 par Madame Augusta Moll-Weiss. Je vous prie de croire que Madame Augusta Moll-Weiss, ce n'était pas de la roupie de sansonnet. Elle savait de quoi elle parlait, cette dame. Elle avait d'ailleurs fondé l'école de la vie domestique et sociale, « ancienne école des mères », c'est marqué sur la couverture. L'exemplaire en ma possession appartenait à Madame Bertaux-Chambon. Elle le mettait dans sa table de chevet, Madame Mam. Ma sœur et moi nous le lisions en cachette à l'époque, pour voir à quelle sauce nous allions être mangées. Certes, nous n'avions rien trouvé de concluant sur les ondes, ça ne devait pas intéresser Madame Augusta Moll-Weiss ou alors elle avait écrit un ouvrage spécialement sur le sujet mais il était épuisé, comme on dit. En tout cas, je ne sais comment, *Madame et sa bonne* s'est retrouvé parmi les maigres effets que j'ai récupérés lors de ma sortie de prison. Peut-être parce que les Bertaux-Chambon n'en avaient plus besoin, tout simplement ; ou peut-être que ma sœur l'avait confisqué et caché dans l'armoire, sous nos chapeaux. Si c'est le cas, elle avait ses raisons. Mais elle l'aurait remis à sa place, c'est certain.

Je tiens à dire ici puisque j'en ai l'occasion que nous n'avons jamais rien volé : ma sœur et moi nous étions aussi irréprochables côté probité que bonnes mœurs (nous ne faisions pas la noce), ça doit d'ailleurs être marqué quelque part dans notre dossier. Ils ont bien dû en convenir pendant le procès. Nous savions parfaitement que qui vole un œuf vole un bœuf, ils l'avaient beaucoup seriné à La Providence. Les (nombreuses) pièces placées sous les lits pour nous tester, nous les avons toujours rendues sans faillir. Bref, nous n'avions rien à nous reprocher, nous avions notre conscience pour nous.

J'ai relu *Madame et sa bonne*, pour essayer de comprendre. Il est bien fait ce livre, je dois dire, il y a d'un côté les conseils pour Eugénie et de l'autre les conseils pour Madame, on ne risque pas de confondre par mégarde. Puis j'ai convoqué la grosse. Je l'ai laissé s'asseoir en geignant sur une chaise et je lui ai dit « Eugénie, il est temps de vous y mettre, parce que la qualité de votre service laisse beaucoup à désirer. *S'il ne tenait qu'à moi* – j'essayais de parler un peu comme Madame Maman, avec le verbe haut –, eh bien, Eugénie, personnellement, *s'il ne tenait qu'à moi*, je vous donnerais vos huit jours.

Ça n'a pas eu l'air de faire grand effet – comme je vous l'ai dit, elle est très limitée ; si elle avait dû être testée comme ma sœur et moi nous l'avons été, ils n'auraient jamais pu dire qu'elle était de bonne intelligence. Bon, c'est vrai que ça n'aurait pas servi à grand-chose de lui donner ses huit jours puisque les incapables de la Mairie s'obstinaient à me l'envoyer sans que je paye, mais ça, elle ne le savait sans doute pas. Alors, je lui ai dit d'arrêter de se tortiller comme un vermisseau (j'avais peur pour ma chaise) et d'écouter comment on se devait de servir si on voulait réussir dans le métier.

Après m'être éclairci la gorge, j'ai entamé ma lecture :

Pour Eugénie (*Règles de travail*)

En mettant le couvert, ayez toujours un linge propre à la main avec lequel vous essuierez toutes les pièces que vous poserez sur la table.

Changez de blouse ou au moins de tablier au moment où vous allez servir et lavez-vous les mains avec soin.

Ne parlez pas en servant les mets, les vins.

Au changement de service, vous procéderez comme suit ; vous enlèverez d'abord les assiettes et les couverts ayant servi et vous les remplacerez par des couverts et par des assiettes propres, celles-ci chauffées si le mets qu'on attend est chaud. Vous enlèverez ensuite les plats qui ont déjà été dégustés et vous les remplacerez par les mets qui doivent leur succéder d'après le menu.

Prenez bien soin de ne tremper ni votre pouce, ni aucun des autres doigts dans le plat que vous offrez, cela pourrait ne pas être du goût des convives et, en tous cas, dénonce un manque de savoir-vivre absolu.

En lisant la dernière phrase (j'avais bien appuyé sur « manque de savoir-vivre absolu »), je l'ai regardée, histoire de voir si ça commençait à porter ses fruits, tous ces enseignements. Mais pensez donc, de la confiture aux cochons, elle en a profité pour filer (« Ouhlala, ch'suis en retard, c'est pas que j'm'ennuie mais là faut vraiment qu'j'y aille, Mlle Jeanson »). Elle s'est levée avec une agilité à laquelle je ne m'attendais d'ailleurs pas, vu sa corpulence. Ça ne m'a pas plu, ce comportement. Elle *regimbe*, je me suis dit, ce n'est pas bon signe. Savoir où ça peut mener, ce genre de *récalcitrance*.

La fois suivante, je ne me suis pas laissé avoir, je l'ai prise à part dès son arrivée pour mettre les poings sur la table au niveau du repassage. Ce n'est pas parce que j'ai une garde-robe simplifiée et que je ne sors plus que je dois vivre froissée. Combien d'après-midis avons-nous passés dans la lingerie de la rue Pascal, ma sœur et moi, à repasser jusqu'à l'épuisement (c'est-à-dire, en pratique, jusqu'au service du soir). Et nous la valions bien, que je sache ! Si vous aviez vu ces piles de la rue Pascal, c'est bien simple, tous les tissus tombaient sous le coup du fer : des pantalons aux mouchoirs fins de Monsieur, en passant par les nappes, les serviettes de table, les torchons et les culottes de Mademoiselle, sans oublier, bien entendu, les draps du lit marital, ces déserts de lin blanc aux initiales brodées HBC (pour Hermance Bertaux-Chambon, même si Christine avait une version plus épicée avec le mot balai) où il ne se passait jamais rien. Ça devait rassurer Madame Maman de nous savoir ainsi occupées à repasser. Ses bonnes n'étaient pas des fainéantes payées à ne rien faire ; elle les avait bien dressées. De ce point de vue, on ne pouvait rien lui reprocher. Mais ça pouvait aller jusqu'à faire sauter les plombs, ces débauches de repassage. Dans ces cas-là, il fallait amener le fer à réparer rue du Port, ça nous retardait dans notre ouvrage et les frais de réparation étaient retenus sur nos gages. Certes, je n'aurais jamais exigé de tels monceaux de repassage de la part de la grosse mais elle pouvait bien sortir le fer à repasser une fois toutes les six lunes quand même ! Ça ne l'aurait pas tuée.

Eugénie, voilà ce que Madame Augusta Moll-Weiss a à vous dire sur le repassage, prenez-en de la graine pour votre gouverne, je lui ai dit.

Pour Eugénie – Règles de travail pour le repassage

1) *Le linge bien préparé est à moitié repassé.* Il faut donc, une fois qu'il est raccommodé, l'humecter (je parle du linge plat), au moins deux ou trois heures avant de la repasser, et le ranger bien serré dans un panier.

2) D'autre part, avant de commencer, vous verrez que le dessus du fourneau – qu'il s'agisse d'une cloche à charbon de terre ou d'un fourneau à gaz – soit propre, que les fers soient propres, votre tablier propre, vos mains bien lavées.

3) A mesure que le linge sera repassé, vous le rangerez par piles de même espèce sur une table recouverte d'un linge propre.

4) La table à repasser sera recouverte d'un feutre ou d'une couverture épaisse et d'une toile spéciale en fil ou en coton. On disposera à l'une des extrémités un porte-fer et un chiffon destiné à essuyer, à frotter les fers avant de les employer.

5) Leur température a une grande importance, Eugénie, veillez à ce qu'ils ne soient pas trop chauds, ils roussiraient le linge ; trop froids, ils le salissent et parfois le rouillent.

Arrivée à ce stade de ma lecture, j'ai sauté les consignes 6 et 7 de Madame Augusta Moll-Weiss (sur les faux-plis), d'abord parce que j'ai vu qu'elle dodelinait, ma grosse Eugénie. Et puis, à sa décharge, il faut dire que quand elle est lancée, elle a parfois du mal à s'arrêter, cette dame Moll-Weiss. C'est comme ça quand on est spécialiste de la partie. On voit tout de suite qu'elle a une passion pour le repassage. Si elle n'était pas en train de se retourner dans sa tombe, elle serait sans doute contente de savoir que les fers à repasser ne rouillent plus le linge, et qu'on n'a plus besoin d'humecter. Eugénie aurait dû en être contente elle aussi – il fallait parfois plus d'une heure à Christine pour humecter tout le linge – mais elle avait le regard vitreux.

Houhou, Eugénie, réveillez-vous enfin ! Je reprends :

8) J'ajoute que tandis que vous repasserez le linge à l'endroit, vous repasserez les dentelles et les broderies à l'envers sur une laine afin de mieux faire ressortir leurs reliefs.

9) Enfin, je vous recommande, autant que possible, de repasser *fil droit* et non *en biais* pour ne pas déformer les pièces de lingerie.

Mais je me suis vite rendu compte que tous ces efforts éducatifs ne servaient pas à grand-chose. Eugénie était une cause perdue. Le repassage n'est pas le seul domaine où ses prestations sont d'une médiocrité affligeante, hélas. Elle ne prend jamais les bonnes marques quand elle fait mes courses. Ce n'est pas une coïncidence – les coïncidences n'existent pas, on l'a appris à nos dépens, Christine et moi. Les quenelles de brochet Casino qu'elle m'a ramenées la dernière fois étaient immangeables (elle avait dû trafiquer la sauce) et puis elle fouille dans mes affaires. Vous ai-je dit qu'elle a ouvert la boîte rouge, la boîte où je garde nos photos d'avant ? Elle était mal refermée, je l'ai vu tout de suite. Elle n'a pas à regarder les photos de nous, et le reste non plus.

Est-ce que la Mairie l'a envoyée pour m'espionner ? Ça ne m'étonnerait pas. Le Maire n'est pas fiable, ce n'est pas nouveau, il n'a jamais rien fait pour nous aider et il est de mèche avec la police. Mais comment ont-ils fait pour retrouver ma trace à Tulle ? Comment ont-ils *remonté la filière* ?

Je crois que la grosse Eugénie me veut du mal.

CHAPITRE X

Madame et sa bonne
par Mme Augusta Moll-Weiss, fondatrice de l'école de la vie domestique et sociale
(ancienne « école des mères »)
1925

« Des relations économiques et sociales de Madame et de sa bonne ».

Pour Eugénie

Soyez bonne et prévenante pour Madame et pour Monsieur, on vous sera bien plus reconnaissant d'une prévenance que d'un travail commandé.

Considérez leur famille comme la vôtre et agissez en conséquence. C'est ainsi que vous serez discrète sur les faits que vous révélera fatalement leur séjour chez eux, et que les étrangers doivent ignorer.

Pour Madame :

J'ajoute que de plus en plus on prend l'habitude d'accorder à sa bonne un congé annuel de quinze jours à un mois afin qu'elle visite sa famille et – surtout si elle n'accompagne pas Madame à la mer ou à la campagne – qu'elle respire un peu d'air pur. Pour ces filles déracinées de leurs villages, cette reprise de contact est vraiment excellente tant pour leur santé physique que pour leur bon équilibre moral.

En outre de ses gages, la bonne a droit à la nourriture et au logement. Je ne pense pas qu'il existe des dames qui ne comprennent pas que leur domestique étant jeune et fournissant un travail manuel intense doit être suffisamment nourrie ; mais ce que beaucoup de maîtresses de maison négligent, c'est de *se rendre compte bien exactement de la manière dont se nourrissent leurs bonnes* ignorantes de toutes les questions d'hygiène et s'imaginant que ce sont les mets qui coûtent cher et qu'on ne mange pas chez elles qui leur conviennent davantage.

C'est ainsi qu'elles délaissent les légumes et les fruits pour se précipiter sur la viande, les gâteaux, les sucreries et le vin. Or cette alimentation a comme conséquence immédiate de les exciter, de les énerver et... de les constiper ; mal dont elles n'osent se plaindre mais dont elles souffrent plus qu'on ne pourrait croire.

Une bonne maîtresse de maison s'informe de ces choses et prescrit le régime et les soins qui conviennent.

CHAPITRE 11

Christine avait de plus en plus de jours de mauvais soleil. Par « mauvais soleil », j'entends que la lumière ne lui réussissait pas. C'est-à-dire que les rayons interféraient avec sa tête et son humeur. Et si par hasard un rayon se reflétait dans la bague en saphir de Madame Maman, ça lui perçait la tête comme une aiguille et il fallait vite qu'elle quitte la pièce pour ne pas donner à Madame Maman la satisfaction de voir qu'elle était atteinte. Madame Maman qui avait ensuite le culot de lui reprocher ses « bizarreries » et son « comportement déplacé ». Comme la fois où Christine était partie en plein milieu des consignes sur la réception du jeudi de Madame (ça avait fait tout un drame domestique, la réception du jeudi de Madame était sacrée, elle y tenait beaucoup à ce goûter avec ses vieilles amies). Elle gardait son air de patience poussée à bout, Madame Maman, au milieu de toutes les malices qu'elle déclenchait. C'est quand même fort de chicorée de vouloir ressembler à Sainte Thérèse quand on se livre à de telles manigances sur ses propres bonnes !

Il était dur pour moi de voir souffrir Christine. Si seulement les rayons avaient pu être détournés sur Mademoiselle, on n'aurait pas été dans cet état-là et peut-être qu'il ne se serait rien passé. Qui sait. Personne ne peut en être sûr.

Mademoiselle, on s'était mises à la surveiller les soirs parce qu'on s'était aperçues qu'elle redescendait en douce à la cuisine. On l'observait de la rampe du deuxième étage. Elle allait à pas de loup dans l'escalier. Je ne sais pas si c'est nous ou Madame Maman qu'elle cherchait à éviter, cette vilaine oie. On ne bougeait pas de peur de faire craquer le plancher. On voyait sa natte épaisse qui dansait dans son dos comme la queue d'un chat. Peu après, elle remontait, les poches de sa robe de chambre bourrées de la nourriture qu'elle était allée voler dans les domaines de Christine. Toujours à nous chercher noise avec ses sournoiseries. Et puis elle n'était pas nette. Mademoiselle avait des idées malsaines qu'elle essayait de nous communiquer. On la regardait rentrer dans sa cellule, puis c'était le silence dans la maison de la rue Pascal. Le piège s'était refermé. Nous étions toutes dans le même bocal.

On pouvait alors lever la garde et se détendre dans notre lit. Madame Maman nous avait laissé quelques livres pour *parfaire notre éducation* (elle suivait à la lettre les conseils de Madame Augusta Moll-Weiss, de ce côté-là on ne pouvait pas se plaindre) : *La Journée du Chrétien*, *Rituels des fidèles* et *La Piété*. Mais nous, au bout du compte, on préférait lire le journal. Monsieur le *laissait à notre disposition* sur le guéridon du bas lorsqu'il avait fini de le lire (*La Gazette auvergnate* au début, après il s'était abonné à *La Vie arverne* comme tout le monde). Ça regorgeait davantage de nouvelles palpitantes et de pépites d'information. Il était important de se tenir au courant de ce qui se passait, sur la terre ou au moins dans la région. Sans avoir l'air d'y toucher et mine de rien, on apprenait ainsi beaucoup de choses utiles dans *La Vie arverne*. Christine avait par exemple trouvé un article sur les ondes cosmiques invisibles qui circulaient au ras du sol. On en avait appris un morceau par cœur parce qu'il était clairement lié à nos circonstances (j'entends aux malices auxquelles nous étions soumises) :

Les parasites apparaissent au coucher du soleil et vont croissant en intensité et en fréquence jusque vers le milieu de la nuit et, au lever du soleil, ils disparaissent complètement.

Dans *La Vie arverne* on relevait des signes qui nous étaient peut-être destinés, qui étaient pour nous comme une recette de cuisine, ou un mode d'emploi si vous préférez (ça nous aidait ensuite à décider d'une ligne de conduite). Pour cela, il suffisait d'être vigilant et de garder un esprit ouvert et curieux. Nous raffolions aussi des feuilletons, que nous lisions au fond du lit en mangeant nos madeleines : *Le Secret d'Hélène*, *Le Secret des gorges du loup*, *La Dame en gris*, *Le Secret de la tête tranchée*, *Le Signe de la bête*, *Les Trois énigmes*... Il y était beaucoup question d'enlèvements, de traîtres, de jeunes filles pâles ou déguisées et de dames remplies de remords. Je me souviens aussi de *Mère coupable* d'un Monsieur Jules Mary – ça nous avait marquées, ma sœur et moi, et pas seulement à cause du titre-avertissement. Dans le dernier épisode de *Mère coupable*, Luversan avait attaqué l'Américain à coups de poignard ; il avait frappé et frappé comme une bête mais il n'y avait pas une goutte de sang sur le poignard...il avait alors vu se lever un brouillard rouge, et du coup on ne savait pas trop ce qui s'était passé et si l'Américain était bien mort (Christine et moi, on n'en avait pas dormi de la nuit). Et si ça avait joué un rôle dans l'affaire Lelièvre, le brouillard rouge, hein ? va-t'en savoir avec les ondes... En tout cas ça n'a jamais été mentionné dans notre dossier, que je sache.

Mais notre feuilleton préféré était de loin *Sœurs et rivales* d'Albert Boissière : deux sœurs, qui s'appellent Christina (vous vous rendez compte !) et Germaine, avaient été séparées à la naissance. Christina et Germaine sont des jeunes filles très pauvres et bien sous tous rapports qui sont obligées de s'engager comme servantes à droite à gauche ; elles sont traitées comme des souillons alors qu'en fait ce sont des jeunes filles de grande famille (c'est une situation fréquente, apparemment, même si on ne l'apprend qu'à la fin). Heureusement, je vous rassure, tout se passe bien, elles font un bon mariage selon leur cœur (elles échangent juste de fiancés), touchent un héritage et peuvent enfin vivre ensemble. C'était très réjouissant, *Sœurs et rivales*, et plein de péripéties rebondissantes. Ça nous a drôlement tenues en haleine, pendant des semaines. On peut dire qu'ils avaient le chic pour choisir de bons feuilletons, à *La Vie arverne*, il faut rendre à César ce qui n'appartient pas à Vercingétorix. Bon, après, ils nous ont beaucoup chargées, ma sœur et moi, lors de l'affaire Lelièvre, mais ce n'était pas dans les mêmes pages (nous, on faisait les gros titres). Côté feuilletons, tout en bas de la troisième page, ils étaient irréprochables. Rien que de la bonne littérature, même si ça n'arrive pas complètement à la cheville des *Feux de l'amour* que je regarde tous les jours à la télévision après le déjeuner. Je ne manquerais pas un épisode pour un empire. Ça non.

Christine nous faisait la lecture de ces feuilletons à mi-voix en soulignant chaque ligne (moi, ça m'aurait fatiguée, je lisais moins vite à l'époque). Je revois le doigt de ma sœur qui courait après les mots. Parfois, une histoire faisait sens au détour d'une page. Alors, Christine la recopiait proprement dans un cahier que nous avions acheté exprès. Si c'était trop long, elle découpait l'histoire et la collait dans le cahier, avec la date. C'est ce qui s'était passé avec *Le Beau Boa de plumes de Mademoiselle Clémence Izoré*. Je ne sais pas si vous connaissez, c'est une belle fable écrite par quelqu'un dont j'ai oublié le nom. Mademoiselle Clémence Izoré a reçu un magnifique cadeau de sa marraine pour ses trente-neuf ans : un tour de cou de plumes d'autruche roses. Seulement sa mère, qui la commande par le bout du nez comme Madame Lelièvre essayait de nous commander, ne lui laisse pas porter le boa de plumes. Elle dit que c'est trop précieux, qu'il faut attendre une vraie occasion. Alors Mademoiselle Clémence Izoré attend et attend encore que la vraie occasion se présente. Seulement la vraie occasion ne se présente pas. Un beau jour, n'y tenant plus, elle décide de jeter un coup d'œil à son boa, histoire d'en profiter un peu, vu son âge (elle a plus de cinquante ans). Eh bien, devinez ce qu'elle trouve dans le précieux carton : un essaim de mites et, sous le papier de soie, une simple ficelle avec une seule petite plume rose. Il était trop tard pour porter le boa de plumes roses. Alors Mademoiselle Clémence devient songeuse, puis elle décide de porter la ficelle en ceinture de tablier. Fin.

On a trouvé ça fort, cette histoire, mais avec Christine on était furieuses, comme vous vous en doutez. De quoi est-ce que la mère s'était mêlée à la fin ! Pauvre Mademoiselle Clémence avec sa ceinture de ficelle. Ça nous a servi de leçon. Du coup, on a sorti pulls roses et bonnets de castor de l'armoire, et pas seulement pour les essayer devant le miroir. Nous les avons portés dès le dimanche suivant afin de leur montrer que nous n'avions d'ordres à recevoir de personne, surtout en ce qui concernait notre mise, et que nous n'étions pas du genre à porter des ceintures en ficelle, ni à attendre que les mites mangent nos plus belles parures. De ce jour-là, nous n'avons pas loupé une seule occasion de nous pavaner avec, comme s'il en allait de notre vie, comme si le ciel devait nous tomber sur la tête. Heureusement d'ailleurs, car c'est bien ce qui a fini par se passer (d'une façon ou d'une autre).

Il était précieux pour nous, ce cahier, parce qu'il nous permettait de suivre l'évolution de la situation. Ou de clarifier certains événements qui, sur le coup, avaient pu nous sembler obscurs (comme l'insistance de Madame Maman à nous faire cuire des champignons). J'aimerais pouvoir le lire aujourd'hui. Je ne sais pas ce qu'il est devenu. Ce que je sais c'est qu'ils nous ont tout pris quand on a été envoyées en prison. Tout. Le cahier, les meilleures photos de Christine et moi (faites chez Vialatte, s'il vous plaît), nos pullovers, nos économies, jusqu'aux chapeaux en castor. Il n'est rien resté, pas la plus petite plume rose. Rien que ce goût de cendre et ces idées assombries qui ont envahi ma sœur jusqu'aux tréfonds de son âme, et dont elle est morte.

*

Les dimanches après-midi, après le service du déjeuner, on se parait donc de nos atours et on sortait de la maison de la rue Pascal. Nous n'avions plus de famille, personne à visiter ; nous étions orphelines, seules dans un monde qui se refermait sur nous comme un bocal. Alors nous marchions dans les rues de Clermont-Ferrand. On allait, bras dessus bras dessous, sans parler.

Les derniers temps, et suite aux événements que je viens d'évoquer, la ville nous était devenue étrangère et hostile. C'est bien simple, nous ne reconnaissions pas notre cité. La cathédrale se dressait devant nous, encore plus noire et menaçante ; les volcans se rapprochaient, comme une armée d'occupation prête à envahir la ville. Ma sœur et moi, nous étions enfiévrées, nous allions, nous allions, les yeux aux aguets, à un bon pas. Rien ne nous échappait, pas le moindre détail sur les passants que l'on croisait sur notre chemin. Un tel sur la Place Lamartine avait de la boue sur ses souliers (ce serait la fête de la bonne ou du cireur), tel autre au coin de la rue Saint-Gènes avait une cane-parapluie fort semblable à celle de Monsieur (les canes-parapluies étaient parfois utilisées afin de récupérer des ondes, on en a eu la confirmation un peu plus tard); la dame qui traversait Les Chaussetiers portait une robe en velours vert très chère de la collection d'hiver Nouvelles Galeries ; telle autre encore détournait vite le regard lorsque nos yeux se posaient sur elle. Elle devait savoir ce qui se tramait : peut-être avait-elle honte ou peut-être était-elle de mèche avec

Madame Maman. Il y avait tellement de choses qu'on nous cachait, on ne savait plus où donner de la tête. Même Blaise Pascal, assis sur son monument avec son air serineur et moqueur, avait fini par nous indisposer. Alors comme ça, Christine et moi, nous étions devenues des risées publiques. Comment s'étonner dans ces conditions que la coupelle ait fini par déborder ?

Une fois qu'on avait passé le Boulevard Lafayette et qu'on se rapprochait du Jardin Lecoq, on commençait à mieux respirer. La vue de tous ces arbres, de cette verdure, ça nous revigorait (c'est-à-dire que ça nous redonnait un peu de courage). J'ai toujours aimé les arbres, surtout les marronniers, et c'était pour moi une consolation d'apercevoir quelques feuilles par la fenêtre de ma cellule lorsque j'étais au plus bas. Au début, Christine pensait que les ondes ne pouvaient pas nous y atteindre, qu'on était hors de portée de la rue Pascal, de Madame Maman et de sa bague. Le Jardin Lecoq était un refuge pour nous. Tant qu'on était là, ensemble, sur notre banc préféré, près d'un sapin avec une vue dégagée sur l'étang, rien de mal ne pouvait nous arriver. Du moins c'est ce qu'on croyait. Ce n'était malheureusement pas vrai puisqu'on était poursuivies jusqu'au cœur du jardin Lecoq (j'en dirai plus là-dessus mais, tout de suite, les bras m'en tombent et le courage me manque).

Je parle ici des journées de mauvais soleil où l'on se faisait un sang d'encre. D'autres fois, tout se passait pour le mieux vu les circonstances, le couvercle était levé, les perspectives plus dégagées. Alors ces marches du dimanche après-midi, dans les rues et les jardins de la ville de Clermont-Ferrand, arrivaient à nous calmer. Une bonne fatigue nous envahissait ; on atteignait une certaine paix de l'esprit qui rendait le retour à la rue Pascal tolérable.

On allait vite se changer puis Christine leur amenait les viandes froides et le potage, ou quelques hors d'œuvres joliment disposés sur un grand plat en faïence de Sèvres. Le service du soir était plus rapide le dimanche. Ils n'osaient pas faire les fines bouches, les Bertaux-Chambon, ils savaient bien que c'était la loi de nous laisser prendre notre dimanche après-midi. Donc Madame Maman ne s'y frottait pas : Christine servait les restes du déjeuner à six heures et demie sonnantes, puis on nous laissait tranquilles.

Nous, on dînait souvent de meilleur appétit que pendant la semaine. On finissait tous les restes sans rechigner et on allait même taper dans le placard aux confitures. Il faut dire qu'on avait sérieusement besoin de se refaire une santé car nous n'avions plus que la peau sur les os – les ondes avaient fini par faire des ravages.

*

Parfois, les soirs d'été, avant de nous coucher, nous ouvrions la petite fenêtre qui donnait sur l'arrière et nous regardions voler les chauves-souris. Elles avaient l'air de savoir ce qu'elles faisaient. Elles rasaient les bosquets du jardin avant de s'élever en direction de la cathédrale. Elles devaient habiter dans le toit de la cathédrale. On trouvait ça très bien, avec Christine. La cathédrale était une habitation fiable, surtout si l'on savait à quel saint se vouer.

Comme nous étions fatiguées du travail de la journée, ça nous reposait de suivre les mouvements de ces petits oiseaux nocturnes. On s'appuyait sur le rebord de la fenêtre, la tête entre nos mains, et on attendait qu'elles passent. Christine se demandait si, par hasard, nous avions été des chauves-souris dans une vie d'avant celle-ci. C'était une drôle d'idée (ma sœur avait parfois de drôles d'idées qui lui venaient pour ainsi dire de nulle part). En tout cas, nous les aimions bien, les chauves-souris. On avait remarqué que les soirs où elles faisaient une apparition, nous n'avions pas de « visiteurs » – je parle ici des transformations nocturnes de ma sœur, on les appelait comme ça entre nous, « les visiteurs », c'était une sorte de code si vous voulez.

Peut-être que les chauves-souris éloignaient les mauvaises ondes. Avec leurs frôlements d'ailes, elles faisaient de leur mieux pour nous renseigner sur les malices que Madame Maman et Mademoiselle nous réservaient. Et ça comptait beaucoup pour nous d'avoir ces petits oiseaux de la nuit de notre côté. Ça nous rassé… comment on dit déjà ? ça nous racinait de les savoir là (bref, on était plus tranquilles). Il y en avait deux surtout qui avaient retenu notre attention et établi un lien fort avec nous. Nous les avions baptisées Géline et Linotte (comme dans tête de gélinotte). Nous avions dans l'idée qu'elles étaient sœurs de sang, elles aussi. Et même si au bout du compte les chauves-souris n'ont rien pu empêcher (les chances n'étant pas de notre côté), elles ont longtemps veillé sur nous lors de notre séjour au 6 rue Pascal.

CHAPITRE 12

Monsieur se rendait tous les jours à son cercle, dans une brasserie tout à côté de la place de Jaude. Et tous les jours Monsieur revenait à la maison à quatre heures de l'après-midi. Pendant que Madame Maman et Mademoiselle étaient en visite chez l'autre fille des Bertaux-Chambon, qui habitait Impasse Sainte-Philomène.

Quatre heures, c'était l'heure de la tasse de lait de Monsieur.

Parfois c'est Christine qui faisait chauffer le lait mais souvent c'était moi si elle était occupée ailleurs ou si le repassage n'était pas fini. Alors, je faisais chauffer à feu tout doux sur le fourneau. Pour permettre au lait de bouillir sans s'épancher au dehors, je plaçais l'anti-sauve-lait au fond de la casserole. Au dernier moment, avec la cuillère de bois, j'enlevais la peau du lait et je l'avalais. Christine, elle, n'aimait pas la peau du lait (ça lui donnait des hauts le cœur, elle disait). Je versais ensuite le lait de Monsieur dans la tasse blanche. Je mettais sur une petite assiette deux de ces biscuits bretons dont Monsieur était *friand*. J'allais apporter la tasse de lait à Monsieur dans son bureau. Souvent, il ne m'entendait pas venir. Je poussais la porte tout doucement. Il était assis dans son fauteuil. J'observais sa nuque et les pellicules qui étaient tombées en pluie sur le repose-tête. On aurait dit des flocons de neige ou des microbes blancs. Ça ne partait pas si facilement, d'ailleurs. Enfin, je signalais ma présence. Monsieur me faisait signe de poser le plateau sur la petite table à côté de lui. Monsieur avait l'air préoccupé par ses papiers. Il ne me voyait pas. Monsieur avait des ennuis avec la justice, nous le savions parce que nous avions vu passer la lettre (ma sœur et moi, nous voyions tout, même ce qu'ils voulaient nous cacher mais nous ne savions pas s'ils savaient que nous savions). Quelques minutes plus tard, j'entendais la porte qui se refermait, Monsieur était reparti à son cercle. Il ne revenait qu'à sept heures. J'allais chercher le plateau. Je lavais la tasse vide, je l'essuyais, et je la rangeais.

Alors, l'horloge se mettait à sonner cinq heures et, soudain, chacun des coups égrenés était comme un clou qui s'enfonçait plus avant dans ma tête. Mes pensées étaient dérangées et les visions de sang et de lait jaillissaient les unes après les autres, à gros bouillons, sans que je puisse les arrêter. On ne pouvait pas lutter contre ça. Donc j'attendais que ça passe. Dans le miroir du couloir, je ne reconnaissais pas les yeux étranges qui me regardaient. Un liquide froid me coulait dans les veines. C'était terrifiant, même si ça ne durait jamais bien longtemps. Voilà aussi ce qui se passait, dans l'honorable maison de la rue Pascal. Ce que l'on nous faisait subir.

On l'avait à l'œil, Monsieur, même si on s'en méfiait moins que des autres. Il avait suffisamment de pains sur la planche avec ses filouteries financières pour ne pas se mêler des malices de Mademoiselle et Madame Maman. Ça ne veut pas dire non plus qu'on lui faisait confiance, loin de là. Christine en était arrivée aux conclusions qu'il ne voyait rien aux malices qui se tramaient sous son nez et se susurraient aux oreilles de ses bonnes. Il avait des pots de saucisson devant les yeux (soit dit en passant, je ne comprends toujours pas cette expression auvergnate : des pots de rillettes ou de pâté, ça aurait eu plus grand sens). Ou alors il faisait semblant de rien, pour ne pas avoir d'ennuis et parce que ça l'arrangeait que Madame n'en fasse qu'à sa guise avec sa bague. Mais cette bague, c'est lui qui la lui avait donnée. Alors il n'était pas un innocent aux mains pleines non plus.

De toute façon, on surveillait toutes les allées et venues qui se produisaient dans la maison de la rue Pascal (combien les événements devaient nous donner raison !). C'était facile pour nous puisque ça faisait partie de nos tâches : ou Christine ou moi devions répondre à la porte quand quelqu'un sonnait – nous avions été dressées pour ça par Madame Maman qui nous avait appris à faire entrer et à annoncer sans aboyer le nom des visiteurs. Ma sœur était très observatrice, elle notait tous les détails, rien ne lui échappait. Elle me racontait ses impressions sur les visites et moi je complétais avec ce que j'avais pu glaner lors du service. On était très bien organisées, il le fallait d'ailleurs (comme on l'a appris à nos dépens).

La blanchisseuse qui venait le lundi, Madame Fleury, fleurait bon le linge propre, on n'avait rien à lui reprocher, à elle. Nous n'avons jamais surpris le moindre geste suspect de sa part et, au procès, il faut bien reconnaître qu'elle n'a pas cherché à nous charger. Elle a juste dit qu'on n'était pas causantes mais propres et travailleuses et qu'elle était très surprise par cette sanglante tragédie qui endeuillait la rue Pascal, tout le quartier et la ville de Clermont-Ferrand. On ne peut pas en dire autant des vieilles peaux qui venaient aux jeudis de Madame Maman, les fouines sournoises, si vous saviez ce qu'elles ont pu nous mettre sur le dos ! La plus dangereuse de toutes, c'était la veuve Vierzon, une bourgeoise qui habitait place Gaillard. A première vue, elle paraissait tout à fait inoffensive, cette grenouille de bénitier : toujours à pleurnicharder « ma pauvre Hermance, je vous souhaite bien du courage », « ma petite Marie-Hélène, vous m'avez l'air un peu pâle, aujourd'hui », bref vous voyez le genre de rombière. Elle ne ratait d'ailleurs pas une messe, on la voyait débouler sur le parvis pour la messe de 11h, toujours vêtue des mêmes gounelles noires, quand nous on sortait de la cathédrale (Christine et moi, nous allions par habitude à la messe de huit heures, comme ça c'était fait). Elle nous regardait de la tête aux pieds avec une grimace peinée et des airs de reproche finalement peu différents de ceux de Madame Lelièvre, notre mère. C'est incroyable comme nos tenues ont pu les indisposer, ces deux-là.

Pour les jeudis, elle arrivait en avance, Madame Vierzon, généralement vers deux heures. Elle allait se poser dans son fauteuil préféré, puis elle se plongeait avec Madame Maman dans des messes basses qu'elles interrompaient sitôt qu'on pointait le bout de notre nez pour faire entrer une nouvelle invitée. Nous n'étions pas dupes de leur manège : en plus, elle portait une bague sertie d'une émeraude qui ressemblait comme deux gouttes d'eau à la bague en saphir de Madame Maman (c'est Christine qui l'a repérée en premier, ma sœur est très observatrice). Donc il nous a paru évident qu'elles se livraient à un trafic d'ondes derrière notre dos.

Il y avait aussi Madame Larrivée, d'une famille clermontoise très en vue (pas pour les pneus, l'autre), et une dame très sèche et autoritaire dont Madame Maman semblait avoir peur. Je ne me rappelle plus son nom… Madame Maman la traitait avec beaucoup d'égards et de considération, peut-être par rapport aux histoires de Monsieur : c'était la femme d'un juge et il faut toujours se garder une bonne poire pour la soif.

Tout cela pour vous dire que ça manigançait ferme les jeudis après-midi, rue Pascal. Mademoiselle finissait toujours par se pointer, la sale couleuvre, elle n'en ratait pas une. Elle ne laissait ni tarte ni gâteau sur son passage. En cuisine, on n'avait que les miettes.

Eh bien toutes ces dames très comme il faut nous ont cassé plein de sucre sur le dos lors du procès. Les jalousies ont enfin éclaté au grand jour.

La Vierzon a affirmé qu'on était insolentes (c'était écrit sur notre mine, elle a dit), que notre docilité n'était qu'apparente. Elle a dit aussi que sa pauvre Hermance (c'est le petit nom de Madame Bertaux-Chambon) s'était bien laissé prendre au piège mais qu'elle, Madame veuve Vierzon, avait toujours *subodoré* qu'il y avait quelque chose de pas catholique chez « les filles Lelièvre ». Elle a dit qu'on avait le regard fixe (surtout l'aînée mais la cadette aussi) et qu'elle avait conseillé à deux ou trois reprises (sinon plus) à sa chère Hermance (Madame Bertaux-Chambon) de se débarrasser de nous. Mais que, malheureusement, sa chère Hermance ne l'avait pas écoutée, elle, Madame veuve Vierzon, et que si elle (sa chère Hermance) avait suivi ses conseils on n'en serait pas là aujourd'hui. Elle a étouffé quelques sanglots en mâchouillant une mantille noire puis je crois qu'elle a parlé de péché, de justice divine et d'autres choses encore. Ça m'a fait un peu sourire tout ça, mais j'ai fini par décrocher. Il faut dire que nous étions dans un drôle d'état à ce procès. Christine surtout. Ma sœur n'était pas dans son assiette. Nous étions allées trop loin. Nous n'aurions sans doute pas dû les briser comme nous les avions brisés (surtout Mademoiselle et Madame), et du coup l'affaire se présentait de façon très sérieuse. Ma sœur et moi nous savions qu'une longue, longue nuit allait tomber sur nous.

Au cours du procès, ils nous ont demandé si nous avions fait ça parce que nous avions honte d'être domestiques et de servir. Quelle drôle d'idée ! Certainement que non. Pourquoi aurions-nous eu honte ? Il faut de tout pour faire un monde et c'est un métier aussi honnête qu'un autre, plus que beaucoup, même. Il y a des choses tellement plus honteuses. Comme faire la noce, par exemple. Il n'y avait pas lieu de nous poser ce genre de question.

CHAPITRE 13

J'ai oublié de vous parler de quelque chose qui a peut-être son importance – même si à vrai dire, je ne sais plus quoi en penser, c'était il y a si longtemps tout cela. Lorsque nous allions au Jardin Lecoq les dimanches, nous ne manquions pas de passer devant la grotte, Christine et moi. Parfois, si le banc situé juste en face était libre, nous restions là un moment, assises, à l'observer en silence (quand le banc était occupé, plutôt que de faire une scène, on préférait tourner autour jusqu'à ce qu'ils déguerpissent). Je ne sais pas comme l'expliquer mais ça nous faisait du bien d'être assises là, à regarder la grotte. C'était une grotte assez petite, entourée de végétation, avec une mare qui gardait l'entrée, et une barricade devant la mare. On ne pouvait pas pénétrer dans la grotte. Mais l'intérieur en terre battue était propre et accueillant, et on entendait le glouglou léger de la petite source qui remplissait la mare. On aurait dit la grotte de Bernadette de Lourdes, la ressemblance était frappante. Ça, nous le savions parce qu'on nous en avait montré de nombreuses images, quand on vivait à l'orphelinat de La Providence. Or, cette grotte du Jardin Lecoq amenait une certaine fraîcheur dans nos pensées. Elle nous apaisait. Mais comment savoir si la grotte n'agissait pas ensuite sur ma sœur la nuit pour lui faire subir des transes… C'est une idée qui m'était venue comme ça en la voyant se tordre : quand Christine luttait contre la transformation, certaines nuits, son visage se crispait mais, juste après, un apaisement se produisait. On aurait dit la béatitude de Bernadette de Lourdes (je pense surtout aux images où on la voit de près sans ses moutons). Je m'étais même fait la réflexion que Christine avait eu une extase de vraie sainte. Si ce n'était pas une malice de Madame Maman, alors qu'est-ce que c'était ? est-ce qu'il y avait un rapport avec nos promenades à la grotte du Jardin Lecoq ?

Mais pourquoi le Bon Dieu aurait-il voulu que ma sœur devienne un homme ? Toutes sortes de questions tournoyaient ainsi en nous. Ça n'avait ni queue ni tête tout ça, c'était des voies impénétrables du seigneur, ce qui nous chagrinait beaucoup. Et c'était injuste pour nous. Ça nous tombait dessus comme la vérole sur le bas-clergé breton pile au moment où nous pouvions enfin oublier La Providence, et Madame Lelièvre, et vivre ensemble rue Pascal. Au moment où notre vie, sans être facile, avait pris un vrai sens. Est-ce que ça signifiait par hasard que ma sœur était en mesure d'accomplir des miracles ? Peut-être alors pourrait-elle devenir Sainte Christine, c'était déjà ça. A la cathédrale ils diraient des messes en son honneur, et toutes les ouailles de Clermont-Ferrand, Royat et Chamalières viendraient défiler à genoux devant elle (Mademoiselle et Madame Maman aussi). Des images de ma sœur avec des couronnes de lumière circuleraient dans les couvents et les orphelinats. Notre sœur aînée qui était bonne sœur et que l'on ne voyait plus serait certainement fière d'avoir une sainte dans sa famille mais ça risquait d'indisposer encore plus Madame Lelièvre – elle n'a jamais digéré les bondieuseries. En tout cas, ce qui était sûr, c'est que ça ne s'était jamais manifesté à nous de façon évidente, ces miracles.

A toutes fins utiles, j'avais récité quelques « Je vous salue Marie », ça ne pouvait pas nous nuire, au point où on en était. Ma sœur ne me disait sans doute pas tout mais je pressentais qu'elle était terrifiée d'être l'objet d'un tel acharnement. Que se passerait-il si un matin elle découvrait que quelque chose lui était vraiment poussé entre les jambes ? Et si elle était forcée de s'en servir, qu'allait-il advenir d'elle, et de nous ? Il était difficile de savoir jusqu'où ça pouvait aller, tout ça. De toute façon, cela n'augurait rien de bon. Voilà le genre de pensées qui trottaient sans relâche et agissaient sur nous. Ma sœur s'efforçait de n'en laisser rien paraître mais moi je voyais dans son regard que la peur rongeuse était rentrée en elle et avait fait son nid. Nous étions bien malheureuses dans ces moments-là.

*

Après les événements sanglants, le docteur Schwartz m'a demandé si on était croyantes. Ça devait être pour notre dossier. Ma sœur avait fait une crise la veille dans sa cellule, elle faisait des signes de croix sur le sol avec sa langue, alors ça l'avait troublé, le bon docteur. Il voulait savoir si c'était un *délire mystique* ou si ma sœur faisait la comédie des fous. Ni l'un ni l'autre, je lui ai dit, ma sœur n'est pas folle (elle allait finir par le devenir, après le procès, quand on nous a séparées pour de bon) mais vous comprenez bien que ce ne sont pas des façons de nous traiter, nous voulons être ensemble. Nous ne voulons plus être séparées, et nous voulons prendre tous nos repas ensemble. C'est très important pour nous. Pour ce qui est de la croyance, je lui ai dit que nous allions les dimanches à la messe comme tout le monde, ni plus ni moins. Mais nous n'allions pas à la communion. On ne sait jamais ce qu'ils mettent dans les hosties – et il est possible que des microbes y soient ensemencés par le curé qui parle toujours très haut et très fort pour mieux convaincre les ouailles. Ma sœur et moi, on n'y croyait pas trop à ces histoires de corps du Christ. D'abord c'est de l'étouffe-chrétien, leurs hosties, et puis ça ne semble pas avoir grand rapport avec le vrai Bon Dieu, ils ont beau dire. A première vue, le docteur Schwartz n'a rien trouvé à redire à ça, il s'est contenté de prendre des notes dans son carnet noir. Je l'observais du coin de l'œil, celui-là. Il était difficile de savoir ce qu'il pensait et je me demandais ce qu'il allait bien pouvoir mettre dans notre dossier. Puis tout d'un coup, sans prévenir, alors que je lui demandais quand est-ce que je pourrais voir ma sœur Christine, il s'est levé, il a dit que c'était tout pour le moment, et il est parti. J'ai eu beau crier que je voulais voir ma sœur, qu'ils n'avaient pas le droit de nous séparer, que ça ne leur porterait pas chance, rien n'y a fait. Alors j'ai hurlé, j'ai frappé ma tête contre le mur, j'ai donné des coups de pied dans les barreaux de la cellule. J'ai même craché par terre, plusieurs fois. Mais rien n'y a fait. La gardienne m'a ignorée encore une fois, ce qui a eu pour effet de me mettre dans une colère encore plus noire et sourde. On ne me fera pas croire qu'ils n'étaient pas tous de mèche contre nous. Comme de frapper tous ces coups ça m'avait épuisée, j'ai dû m'endormir.

Je me suis réveillée dans un état de grande faiblesse morale.

Le soir, ils m'ont amené un brouet de poireaux infâme et un gros morceau de pain noir et dur comme on n'oserait pas en donner aux pauvres. J'ai repensé au velouté de poireaux et de pommes de terre que faisait ma sœur en hiver : on le servait dans la soupière violette et blanche en faïence de Gien, avec de fines tranches de pain blanc, et je peux vous dire que les Bertaux-Chambon ne se faisaient pas prier pour en reprendre. J'ai cassé le pain à petits morceaux dans la mauvaise soupe… une cuillerée pour Mademoiselle, une cuillerée pour Madame Maman, une cuillerée pour Monsieur. Ça m'a un peu réconfortée. J'ai tout mangé, jusqu'à la dernière miette. J'ai prié pour que Christine en fasse autant parce que, à partir de ce jour-là, j'ai compris que ces gens ne nous feraient pas de cadeaux et que nous allions avoir besoin de toutes nos forces pour la suite.

Parfois, en prison, on avait la visite d'une avocate qui voulait nous aider. Elle s'appelait Maître Germaine Brioude. C'était paraît-il la *première femme du barreau* de

Clermont-Ferrand. Elle avait l'air bien gentille, de ce point de vue je n'avais rien à lui reprocher (à ma demande, elle était même allée récupérer rue Pascal nos manteaux, nos robes noires et nos chemises à pois rouges et blancs – il n'était pas question de faire figure de pauvresses devant Monsieur le Juge). Mais, tout de même, avocat, ce n'est pas un métier de femme ! Du moins, pas à l'époque – maintenant bien sûr, on en avale de toutes les couleuvres, plus rien ne me surprend. Donc, Maître Brioude s'occupait comme elle pouvait de notre dossier, avec les moyens du bord. Je n'avais pas à m'en mêler. Mais ça commençait à faire beaucoup de monde qui s'intéressait à notre dossier, tout ça. Il était difficile de savoir comment l'affaire serait prise. Et puis, le comble, c'est que je ne voyais plus ma sœur, je ne pouvais plus lui parler. Bref, on était bien malheureuses.

Ils m'avaient mise ensuite dans une cellule avec une dénommée Violaine Auzières, 19 ans, de Montferrand, qui avait tenté d'empoisonner ses parents avec de la belladone. Le père était mort mais ça n'avait pas marché sur la mère qui, depuis, venait régulièrement lui rendre visite pour s'enquérir de sa santé. J'ai trouvé que c'était une très belle punition, ça. Un peu cruelle aussi, certes. Elle en devenait toute pâle, Violaine, et des perlettes de transpiration faisaient leur apparition sur son front lorsqu'on venait lui annoncer sa venue. Elle regardait brièvement dans ma direction. Je crois qu'elle aurait tout donné dans ces moments-là pour que j'aille voir Madame Auzières à sa place. Pour notre compte, nous avions refusé les visites de Madame Lelièvre, notre mère, de but en blanc. Il n'aurait plus manqué que ça, ce n'était vraiment pas le moment !

Pour en revenir à Violaine Auzières, on voyait tout de suite qu'elle avait de bonnes manières, cette petite, même si l'on ne se parlait guère, elle et moi. Elle avait les yeux du même bleu que Christine (c'est-à-dire un peu plus clair que les miens) et de longs cheveux roux. Elle était toute frêle et menue, elle n'aurait pas duré une semaine en service. Et une voix si douce, qu'on lui aurait donné le Bon Dieu en pantalons de velours. Bref, elle n'avait pas du tout l'air d'une Jégado, comme quoi on ne peut jamais savoir ce qui rôde comme noirceurs dans les tréfonds de l'âme. Maître Brioude s'occupait aussi de son dossier, elle avait décidément beaucoup de pain sur sa planche, cette femme, pour la première avocate du barreau de Clermont-Ferrand.

Quand elle arrivait, Maître Brioude commençait par me dire les nouvelles de Christine. Elle leur donnait bien du souci et du fil à retordre, ma sœur. A moi aussi, elle en donnait, du souci. Elle avait des rêves atroces, du genre à vous faire dresser les cheveux sur la tête. Elle était perdue dans une forêt immense, avec des pendus qui se balançaient à chaque arbre. Et au milieu de tous ces pendus, elle me voyait, moi, sur la branche la plus haute d'un sapin, les jambes coupées. Quand elle se réveillait, elle avait si mal aux jambes qu'elle hurlait. Alors elle se jetait partout, elle s'accrochait aux barreaux, elle avait même essayé de s'arracher les yeux. Les autres détenues l'avaient retenue et les gardiens étaient venus lui passer la camisole de force. Mais ça ne s'était pas arrêté là. Ces femmes avaient écrit une lettre au directeur de la prison. Maître Brioude l'avait lue, cette lettre, elles se plaignaient des hurlements de ma sœur qui les empêchaient de dormir et du fait que Christine soulevait sans cesse ses jupes en prononçant des *paroles obscènes*.

Il paraît aussi que ma sœur avait eu des visions encore plus fortes au début du mois de juillet. Les autres prisonnières voyaient tout ça d'un très mauvais œil. Christine les effrayait. Et elle refusait toujours de parler à notre avocate, et au docteur Schwartz qui était chargé de notre dossier. Elle s'était retirée dans un lieu lointain et inaccessible, ma sœur. Personne ne pouvait plus l'atteindre. Alors Maître Brioude avait demandé qu'on me laisse enfin la voir.

Et ils avaient dit oui.

CHAPITRE 14

Procès-verbal – Ville de Clermont-Ferrand

L'an mil neuf cent *trente-trois*.
Le *10 avril*

Nous, *Desaix Henri*, Commissaire de Police de la ville de Clermont-Ferrand, Officier de police judiciaire, auxiliaire de M. le Procureur de la République.

Vu la commission rogatoire ci-jointe, en date du *10 avril 1933*, de M. *Michaud*, Juge d'Instruction de *Clermont-Ferrand*

et relative à la procédure suivie contre :
1) Lelièvre Christine, 26 ans
2) Lelièvre Léa, 21 ans
*détenues, inculpées d'homicides volontai*res.

Avons fait comparaître devant nous *Dubois, Berthe, épouse Rodes, 24 ans, boulangère-pâtissière, 8 rue Blatin.*

Laquelle, après avoir déclaré n'être parent, allié ni serviteur des inculpées et après avoir prêté serment de dire toute la vérité, rien que la vérité, a déposé comme suit :

Les restes du bavarois à la framboise qui m'ont été présentés proviennent bien de ma boulangerie-pâtisserie. Ledit bavarois, fait par mon mari, Rodes Antonin, avait été commandé l'avant-veille au téléphone par Madame Bertaux-Chambon pour 6 personnes. Christine Lelièvre est venue le chercher le matin des crimes, entre 11h et 11h30 (elle venait à peu près toujours à la même heure). Elle a également pris un pain blanc de 750 grammes, tranché.

Elle venait chaque jour acheter le pain pour ses patrons. Je lui fis remarquer ce jour-là qu'elle n'achetait ni brioche, ni pain de Gênes, contrairement à son habitude (sa sœur et elle étaient friandes de brioches, pains de Gênes et madeleines, m'avait-elle dit). Elle me répondit avec brusquerie qu'il y aurait bien assez de bavarois pour tout le monde.

C'était une bonne peu loquace. Depuis quelques mois, elle était devenue très assombrie et n'engageait plus la conversation avec moi. Jamais elle n'a critiqué ses maîtres en ma présence.

Un jour, il y a plusieurs mois de cela, elle s'est énervée parce qu'elle avait vu ou reconnu quelqu'un qui lui avait fait peur devant la boulangerie. Elle a parlé de microbes et m'a demandé si je souhaitais nuire à ma clientèle. J'étais abasourdie. Je l'ai trouvée nerveuse et agitée. L'une de nos clientes s'est même écriée, après son départ, « eh bien en voilà, une drôle d'énergumène ! ».

Mais les jours suivants, elle semblait plus calme et paraissait avoir oublié l'incident. Cet épisode m'est revenu, suite à la tragédie.

CHAPITRE 15

A peu près à l'époque des transformations nocturnes qui affectaient ma sœur (disons, une année avant les événements tragiques de la rue Pascal), Madame Maman s'était mise en tête de changer de boulangerie. La boulangerie de la rue des Gras ne convenait plus à Madame Bertaux-Chambon – ou leur pâtisserie au beurre au foie de Monsieur, j'ai un flou sur ce point – et, même le pain, il fallait maintenant que Christine aille le chercher tous les jours rue Blatin, ce qui était loin d'être la porte d'à côté. Christine, ça lui faisait une promenade, même si ce n'était guère pratique pour le service de midi. Non, il y avait autre chose qui la chiffonnait : au coin de la rue Blatin, se tenait tous les jours à la même heure, un clochard qui l'attendait. Ou du moins quelqu'un qui avait les apparences d'un clochard, avec son paletot mal rapiécé et tous les microbes qui vont avec. Ma sœur passait devant notre ancienne boulangerie (maison Pavée, qui avait perdu la faveur de Madame Maman), traversait la Place de Jaude les yeux fixés sur le Puy de Dôme (pour éviter de regarder Vercingétorix qui faisait des moulinets perché sur son cheval), puis elle s'engageait enfin dans la rue Blatin où était située la nouvelle boulangerie-pâtisserie Rodes, qui faisait une spécialité de bavarois (c'est vrai qu'ils étaient bons, leurs bavarois, surtout ceux à la framboise, je n'en ai d'ailleurs jamais mangé d'aussi bons depuis). Eh bien il se tenait là, juste au coin de la rue, devant la boulangerie, à attendre Christine. Il portait sur lui une mine moqueuse qui disait assez toutes les malices qui lui étaient associées, le vilain bonhomme. Sur le passage de ma sœur, il entonnait des chansons de soldat. Tout cela n'aurait sans doute pas eu beaucoup d'importance s'il n'avait pas utilisé certains mots grossiers, que je préfère taire ici, mais qui mis les uns à côté des autres, ont soudain fait sens et révélé la terrible vérité à

Christine : *il savait pour les transformations nocturnes de ma sœur*. C'est très violent d'entendre quelqu'un vous lancer ça au visage en pleine rue. Pire qu'un coup de fouet. Surtout, m'a dit Christine, qu'on aurait dit le diable en personne, ce va-nu-pieds : avec sa demi-mâchoire en gueule de volcan (c'était sans doute un Enfant de la Patrie qui avait survécu à la grande guerre), il ensemençait de microbes le trottoir et les alentours, passants compris, de quoi donner des hauts le cœur à ma sœur qui aimait beaucoup la propreté. Et il riait, il riait en la regardant pour se moquer de ses tourments. *Comment pouvait-il être au courant de détails secrets que seules ma sœur et moi connaissions ?* Qui avait bien pu le lui dire ? Il ne faisait guère de doute que l'on cherchait encore à nous nuire. Ça mettait Christine dans des états noirs de faiblesse morale et de colère, comme on peut l'imaginer.

Ma sœur a alors dit au clochard d'arrêter de la suivre ainsi, que c'était une vraie persécution. Comme de par hasard il avait fait son apparition lors du changement de boulangerie. Christine n'était pas dupe : bien entendu, il avait été placé là par Madame Maman. C'était son espion, chargé de la renseigner sur le moindre des mouvements de ma sœur, qui ne pouvait plus faire un pas sans tomber dessus. Au marché, pendant que Christine achetait les fruits et les légumes, qui se ratatinait derrière l'étal de volailles ? le clochard (le temps qu'elle fasse le tour pour lui dire toutes ses vérités, il se volatilisait). Elle était certaine de l'avoir vu rentrer une fois à la brasserie Grüber – là où était le cercle de Monsieur, je vous rappelle. Et c'était bien ça le problème : on commençait par tirer un fil et c'était toute la pelote qui suivait (ou l'aiguille dans la botte de foin, si vous préférez), ce qui nous incitait à une prudence encore plus grande. Nous étions accablées de tracasseries, Christine ne savait plus où donner de la tête. Le dimanche de Pâques, elle avait même cru apercevoir le clochard parmi la foule qui se rendait à la messe et, comme je voulais vraiment le voir aussi (elle m'en avait tellement parlé !), on avait filé à sa suite dans la cathédrale en poussant quelques ouailles sur notre passage. Mais c'était une fausse alerte : il s'agissait seulement d'un sacristain un peu bossu et pas très bien entretenu, qui était passé à côté de nous en claudiquant comme si de rien n'était.

L'endroit où le vrai-faux clochard ne prenait même pas la peine de se cacher, où on était sûres de le trouver, c'était vers onze heures devant la nouvelle boulangerie Rodes (je dis « on » mais en fait, je n'ai jamais pu le voir, étant donné que le service me retenait rue Pascal – Madame Maman savait bien ce qu'elle faisait ! – et, par conséquent, ça n'a pas pu aller dans notre dossier au moment du procès). Là, sur ce bout de trottoir, il narguait ma sœur tous les matins. En désespoir de cause, Christine a fini par faire des remarques à la boulangère. Elle a pris son courage bras dessus bras dessous et elle lui a dit tout le mal qu'elle en pensait, de laisser s'installer comme ça devant sa boulangerie un tel nid à microbes qui risquait de faire fuir la clientèle. Surtout quand il s'agit d'un établissement aussi nouveau que la boulangerie Rodes, qui n'a pas encore fait toutes ses preuves, et ne peut pas se permettre de faire la fine bouche, côté clientèle – même si le pain et les bavarois y sont d'une qualité irréprochable. Puis ma sœur a enfoncé le clou : c'était vraiment à se demander si elle n'était pas mêlée, elle, la boulangère, à cette sombre histoire de clochard, qu'elle lui a dit. Et d'abord, qu'avait-elle à la regarder ainsi, comme une séquestrée de Poitiers ? Voilà, en substance, ce que ma sœur lui avait débité. Elle s'était mise sur ses grands chevaux (comme Madame Maman quand il fallait payer les notes d'épicerie ou Vercingétorix sur la Place de Jaude) et ça avait porté ses fruits.

La boulangère, Madame Rodes, a accusé le coup – visiblement elle ne s'attendait pas à ce que Christine lui fasse une telle sortie devant les autres clientes. Elle en est restée coite de honte. Madame Maman n'avait pas dû la prévenir qu'on ne se laisserait pas faire si facilement, qu'on était des dures à cuire. Ma sœur m'a dit que la boulangère avait cligné des yeux plusieurs fois en ouvrant la bouche comme une grenouille. Alors, ma sœur avait ramassé son pain et sa dignité et, sans attendre de réponse, elle était sortie du magasin en trombe. Même le clochard avait dû comprendre que ma sœur ne plaisantait pas : il n'avait pas osé lui faire ses tracasseries habituelles. Au retour, comme il vaut mieux prévenir que guérir, elle avait évité de passer devant la boucherie chevaline et elle était rentrée rue Pascal me raconter la mine déconfite de la boulangère. On avait bien ri toutes les deux – il s'agissait d'une victoire pour nous –, même si on savait que c'était reculer pour mieux sauter.

Je sais bien que je passe encore du coq à l'âne mais il est si difficile de recoller les morceaux dans ma pauvre tête. Il faudrait pourtant éviter que la pagaille ne s'y installe. Mais comment faire avec les intrusions ? La grosse est venue hier, eh bien elle m'a refilé une migraine horrible avec ses histoires d'aspirateur. C'est insupportable, j'ai été obligée d'aérer toute l'après-midi afin d'évacuer les microbes ambiants. Après mûre réflexion, je crois aussi qu'elle a fait des fouilles sur l'étagère de ma chambre parce que la boîte en fer rouge (où je garde toutes les photos de nous et d'autres choses encore) était mal refermée. Elle devait chercher des preuves pour ceux qui l'emploient. *Mais des preuves de quoi ?*

CHAPITRE 16

Aujourd'hui, dimanche 12 février 1933, Christine et moi nous sommes allées donner à manger le vieux pain aux cygnes du Jardin Lecoq. En passant devant la place de la Victoire, nous avons noté avec satisfaction que tout avait l'air calme. En d'autres termes, nous n'avons rien remarqué de suspect. Peut-être ont-ils enfin décidé de mettre fin à la filature ? Qui sait. On ne peut pas en être sûres mais c'est toujours ça de pris. Nous marchions d'un bon pas avec notre pochon de pain contre notre manteau pour se réchauffer. Christine avait mis son manteau blanc en laine bouclée et moi le noir ; nous avions toutes les deux les gants en cuir noir de chez Belin et nos chapeaux en poil de castor. Comme il faisait un froid vif, nous avons rencontré peu de flâneurs sur notre chemin, ce qui simplifiait les choses : on pouvait ainsi laisser voguer nos pensées sans être trop sur nos gardes. Ça nous faisait beaucoup de bien de sentir le froid mordre nos joues et nos narines. J'aimerais pouvoir sortir plus souvent dans la semaine avec Christine mais ce n'est pas possible par rapport au service, Madame Maman ferait la mine longue si on avançait l'idée (« Mais quelle drôle d'idée ! », qu'elle dirait). Plutôt que de passer par le haut, nous avons fait le tour par le portail gothique pour allonger la promenade. Et les cygnes, nous avons fini par les trouver en dessous de la passerelle. Ils étaient là, en troupeau, sur le lac gelé. Christine a commencé à jeter un morceau sur la berge, et ils ont vite rappliqué à tire d'ailes. Ils semblent nous reconnaître, certains se dandinent pour venir chercher les vieux croûtons qu'on leur lance. La glace n'a pas l'air de les déranger. Christine dit que ce sont des animaux très résistants au froid. Nous avons eu vite fait de repérer Mademoiselle, un peu en arrière des autres cygnes. Inutile de vous dire qu'on évite soigneusement de jeter du pain dans sa direction – elle est bien assez grasse comme ça, ma sœur a remarqué. Seulement comme elle est très gourmande, cette sale bête, elle essaie de voler le pain des autres cygnes et ça dégénère en coups de becs de part et d'autre. Elle a beau allonger le cou et nous filer des regards offensés en coulisse, nous ne cédons pas. Pas de croûton pour Mademoiselle. Pas la moindre miette. Mademoiselle n'a-t-elle pas pris la dernière part de tarte aux pommes à midi ? La deuxième part de rôti, était-elle vraiment nécessaire ? Et la crème anglaise de la veille, hein ? Qui s'est goinfrée de façon peu reluisante ? C'est Mademoiselle Marie-Hélène ! Mademoiselle est une grosse, grosse gourmande. Or, la gourmandise est un vilain défaut, c'est bien connu. Madame Maman l'a mal dressée. Eh bien ça suffit pour aujourd'hui. Tant pis pour elle, elle n'aura pas de pain. Pas le moindre petit croûton.

Et nous ne la laissons pas s'approcher de nous car nous la savons capable des pires malices. Elle serait tout à fait capable de nous filer un méchant coup de bec. Heureusement, s'il le faut, Christine et moi nous pouvons la tenir en respect avec nos bottines. Nous n'hésiterons pas à nous en servir.

*

D'où vient cette impression étrange que partout où nous passons, ils essaient de nous soutirer les vers du nez ? Je parle des commerçants de Clermont-Ferrand chez qui nous nous approvisionnons. On ne nous enlèvera pas de l'idée qu'on cherche à nous faire chanter – par rapport à la situation du 6 rue Pascal, j'entends. Les insinuations, les sous-entendus grouillent de partout tels des asticots dans un fromage de Cantal. Ma sœur a également un vrai don pour lire les expressions du visage, pour surprendre les coups d'yeux en coulisse qui révèlent des abîmes de malices à eux tous seuls. Bref, elle sait quand on rit de nous.

Par exemple, la bouchère est de plus en plus hardie envers Christine quand ma sœur passe chercher la commande. Oh, certes, elle fait sa gentille, elle lance la conversation mais, mine de rien, elle veut tout savoir. Nous n'avons pas encore décidé si elle a de noirs desseins mais notre méfiance est aiguisée et nous nous tenons aux aguets – Christine surtout, parce que moi je ne sors jamais les matins, je reste confinée (ou confite ?) dans les appartements. Voici à peu de choses près ce qui s'est produit hier. Il faisait encore très chaud alors Christine est partie un peu plus tôt que d'habitude, vers 10 heures, par la rue Savaron. La situation ne se présentait pas trop mal, au début. Les passants qu'elle croisait se gardaient bien de la regarder droit dans les yeux, et même la statue de Blaise Pascal avait cessé de s'agiter. Bref, tout se tenait à carreau. Ma sœur commençait presque à relâcher sa vigilance quand elle est entrée à la boucherie. Parce qu'ils utilisent des gros blocs de glace, il faisait assez frais à l'intérieur et Christine a pu souffler un peu. Il y avait deux clientes devant elle, mais comme elles ne pipaient mot, son tour est vite arrivé. Après avoir encaissé la commande des Bertaux-Chambon (un rôti de veau et des escalopes que Christine va faire paner, un vrai régal), la bouchère lui demande comme ça, à brûle-pourpoint, si on va suivre les Bertaux-Chambon « en villégiature ». Elle veut savoir où ils vont cette année, s'ils retournent à Trouville ou au château en Corrèze, pour combien de temps, et si ma sœur et moi nous escomptons les suivre pour respirer un peu d'air frais à mer ou à la campagne. Parce que ça ne pourrait nous faire que du bien, vu qu'on étouffe dans cette maudite cuvette (est-ce qu'elle parlait de la ville de Clermont-Ferrand ? ou de la rue Pascal ? parce que ce n'est pas du tout la même chose. Là encore les insinuations vont bon train).

Inutile de vous dire que ça n'a pas plu à ma sœur, tous ces questionnements. Les malices nocturnes lui ont tellement usé les nerfs qu'elle peut rentrer dans un état noir de colère à la moindre provocation. Et là, c'était quand même trop gros pour qu'elle laisse passer. En quoi cela la regardait-il, la bouchère ? De quoi est-ce qu'elle se mêlait les pinceaux ? Comme s'il n'y avait pas suffisamment d'air frais pour tout le monde au Jardin Lecoq ! Elle avait beau avoir un sourire aux lèvres et l'air jovial, ma sœur ne s'y est pas trompée : la bouchère la regardait du mauvais œil, elle voulait savoir ce qui se passait dans la tête de Christine. Et ça, il ne faut surtout pas qu'elle y arrive, c'est du viol d'âme. Personne ne doit savoir pour les transformations nocturnes qui se produisent jusque dans les parties intimes de ma sœur. Si cela remontait jusqu'aux mauvaises oreilles, ils risqueraient de l'emmener. On tomberait dans le puits du malheur et on serait perdues.

Alors Christine l'a foudroyée des yeux, la bouchère ; elle lui a dit qu'elle savait très bien où elle voulait en venir avec ses histoires d'air frais mais que chacun avait ses tracasseries, qui n'étaient pas les mêmes que celles du voisin, et qu'il valait mieux cultiver ses propres oignons et laisser le brave monde en paix.

La bouchère, ça l'a calmée d'un seul coup d'un seul, m'a dit Christine. Mais c'est peine perdue, d'autres sont de connivence. Je pense en particulier à la mercière (elle nous a refilé des boutons de nacre qui font de la rétention d'ondes) – mais aussi au marchand de vin et même au cireur. Au bout du compte, on ne se sent pas plus en sécurité à l'extérieur qu'à l'intérieur. Il faut bien qu'on se rende à l'évidence : nous sommes faites comme des rats.

CHAPITRE 17

Un jour, alors que j'étais sur mon escabeau perchée en compagnie de mon plumeau (pour la corvée de lustres : il s'agissait d'anéantir poussières et toiles d'araignées et de frotter les verroteries jusqu'à ce qu'elles étincellent au moins autant que la bague de Madame Maman), cette dernière est venue me tenir le crachoir et la dragée haute, le tout en même temps. Les fenêtres du salon étaient grandes ouvertes malgré le froid, j'avais déjà fait la salle à manger et les couloirs, et j'avais battu les manteaux – nous devions être un mardi, car le mardi était le jour du battage des manteaux en hiver. A cette heure-là, 9 heures du matin et des poussières, Madame Maman se tenait généralement dans ses appartements, à mijoter une malice quelconque (comme de déplacer les brosses et les balais pour se moquer, et bien d'autres choses encore). Monsieur, lui, s'était enfermé comme d'habitude dans son étude après le petit déjeuner – il devait vérifier ses affaires, qui lui donnaient bien du souci. Quant à Mademoiselle, elle se tenait à carreau dans son lit – 9 heures, c'était les aurores pour elle, elle ne se levait guère avant 10 heures. Donc, j'étais un peu surprise de voir apparaître Madame Mam, qu'est-ce qu'elle allait encore trouver à critiquer, m'étais-je demandée du haut de mon perchoir (d'où j'avais, soit dit en passant, une vue plongeante sur ses mèches factices).

Eh bien, je vous le donne en mille, elle venait se plaindre de Christine : ma sœur était *introuvable* ; elle était *encore* partie au marché. Elle disait ça sur un ton qui signifiait que ma sœur ne ratait jamais une occasion de partir pour le marché, qu'elle faisait ça exprès pour l'énerver, de partir au marché, *alors que Mademoiselle était malade*. Mademoiselle Marie-Hélène était au lit *avec une fièvre de cheval*.

Là, j'ai tendu l'oreille parce que ça, c'était une nouvelle intéressante. Pas nécessairement surprenante, notez. Mademoiselle devait bien finir par prendre mal, à force de fricoter à l'insu de tous sur l'étang gelé du Jardin Lecoq. Surtout vu les frimas qu'on se coltinait depuis une semaine. Comme quoi, une malice n'était jamais perdue : elle lui était retombée sur la poitrine. Voilà où ça menait de venir nous persécuter, Christine et moi, jusqu'au Jardin Lecoq ! C'est ce que je me racontais en mon for intérieur.

En attendant, devant Madame Maman, je n'avais pas trop le choix : il fallait jouer le jeu et aller tout de suite prévenir le docteur Rabier, rue Neuve des Carmes (le téléphone sonnait occupé, disait-elle). Est-ce que je pouvais descendre de cet escabeau et filer sur le champ chez le docteur Rabier, sans traîner comme un limaçon pour changer un peu.

Certainement que oui Madame, je pouvais filer et, oui bien sûr, fermer ces-fenêtres-qui-laissaient-entrer-le-courant-d'air-de-la-mort au 6 rue Pascal (il fallait savoir ce qu'elle voulait, d'habitude les fenêtres n'étaient jamais assez grandes ouvertes pour chasser les germes or, des germes, apparemment, il y en avait une pleine chambrée en haut).

Donc, je suis descendue de mon perchoir, j'ai fermé les fenêtres, j'ai enfilé mon manteau noir de ville par-dessus mon tablier, sans prendre le temps de me changer (je sentais bien que ce serait mal pris), et me voilà partie.

Une fois dehors, j'ai tourné à gauche – c'est-à-dire que j'ai pris la rue Pascal en descendant. Certes, c'était un détour. On aurait même pu dire, sans se tromper, que c'était dans la direction opposée. Pour gagner du temps, j'aurais dû traverser la Place du Terrail et prendre la rue Savaron. Mais je n'avais pas le choix, surtout en l'absence de Christine : la Place du Terrail ne nous réussissait pas depuis quelque temps. Je ne sais pas si je vous en ai parlé mais, il se tramait de drôles de choses à la boucherie chevaline située juste derrière la fontaine du Terrail : la tête qui sévissait au milieu de la vitrine agissait sur nos nerfs. Si on passait devant la boucherie du Terrail, ça ne manquait pas, on en était toutes troublées et retournées pendant des heures, voire même des journées entières. Bref, il fallait faire le grand tour.

Je descendais donc la rue Pascal d'un bon pas, en soufflant de petits nuages de fumée par la bouche, histoire de me divertir – ce n'est pas si souvent qu'on me laissait sortir le matin. Et il faisait un froid ! Vous n'imaginez pas le froid qu'il faisait à Clermont-Ferrand dans ces années-là. Rien à voir avec Tulle, qui est pourtant loin d'être une ville tropicale. Mais quand même, ce n'est pas la même qualité de froid qu'à Clermont-Ferrand, surtout pendant l'hiver de 1932 (le dernier hiver avant les meurtres dont je vous parlais).

Soudain, une idée me vient, m'arrive, là, qui me laisse le souffle coupé (en fait il s'agissait d'un pressentiment). *Et si c'était un piège ?* Une malice supplémentaire pour nous faire tourner en bourriques, ou chèvres, ou pire encore ? Peut-être que Mademoiselle n'était pas du tout malade, peut-être qu'elle avait manigancé ça avec Madame Maman pour nous prendre la main dans le sac. S'était-elle rendu compte que nous avions essayé sa nouvelle robe ? fouillé dans les tiroirs de sa commode ? frotté le montant de son lit au chlorure de chaux, pour désinfecter (en désespoir de cause) ? Et si c'était une feinte pour essayer de me séparer de Christine ? Peut-être que Mademoiselle était fourrée sous ses couvertures, le bonnet sur les yeux et les babines retroussées, à attendre que je rentre dans sa chambre avec un bol de bouillon de pot-au-feu fumant. Il n'était pas question que je serve de capuchon rouge, je savais, j'avais entendu parler de ces contes pour enfants en mon temps.

Heureusement, le froid m'a clarifié les pensées, peu à peu je suis rentrée en possession de tous mes esprits. J'ai su ce qu'il fallait faire. Au lieu de me précipiter chez le docteur Rabier comme une furie décervelée (et la bonne poire pour laquelle elles me prenaient), il fallait que je consulte ma sœur. Christine saurait quoi faire. Elle connaissait les us et les marches à suivre. Elle nous avait déjà sorties de beaucoup de mauvais pas au cours des années, ma sœur.

Du coup, j'ai accéléré pour doubler deux voisines que l'on connaissait de vue, en aboyant des bonjours à tout va afin de détourner les soupçons. Au lieu de passer à droite, par l'Oratoire, j'ai remonté la rue Thomas, et je me suis dirigée toutes voiles dehors vers le marché Saint-Pierre en passant par la rue Tour la Monnaie et la rue de la Boucherie.

Du moins, je crois que c'est ce que j'ai fait, mais Clermont-Ferrand, c'est une ville-labyrinthe, surtout dans ce quartier-là. Et puis je vous rappelle que ça s'est passé il y a très longtemps, je ne peux pas me souvenir de tout. J'avais une seule idée en tête : il fallait que j'intercepte Christine avant qu'il ne soit trop tard. Comme on va le voir, c'est la décision qui m'a peut-être sauvé la vie. Car qui sait ce qui serait arrivé si je m'étais pointée seule chez le Dr Rabier, comme c'était l'intention de Madame Maman.

Lorsque je suis arrivée sur la place du marché Saint-Pierre, il n'y avait pas un chat ou presque, les marchands étaient déjà en train de remballer choux et navets. Pas de Christine en vue. J'ai regardé si je n'étais pas suivie, avant de m'engouffrer dans la rue des Deux-Marchés, où se trouvait la fromagerie Seurouse. On se servait chez eux en Saint-Nectaire, fourme de Cantal, Livarot et bleu d'Auvergne. J'ai eu beau coller mon nez à la vitrine, je n'ai pas vu ma sœur à l'intérieur et ils en ont profité pour me foudroyer des yeux, les vilaines gens (Christine avait bien raison de se méfier d'eux, ce n'est pas parce qu'on vend de bons Livarots qu'on doit regarder les autres de haut). Alors que j'étais sur le point de désespérer, j'entends ma sœur qui m'appelle. La voilà qui déboulait en bout de rue, cahin-caha, avec son énorme panier. Cette vision, je dois dire, ça m'a ragaillardie sur le champ, c'était plus magnifique qu'une apparition de sainte. Ma sœur a toujours été là pour moi, vous comprenez, et il ne faut pas croire les choses horribles qu'on raconte à présent sur elle (et sur nous) à la télévision. Ce sont de faux témoignages.

Je lui explique la situation et Christine me dit qu'elle va venir avec moi chez le docteur Rabier, au cas où, et pour servir de témoin. On discute d'un plan d'action en chemin. Elle est plutôt d'avis que Mademoiselle est vraiment malade : à force de traîner ses guêtres à tire-d'aile (ou à tire-larigot) sur un étang gelé, c'était prévisible, pense-t-elle. Et ça tombe bien parce qu'elle vient d'acheter de la blanquette de veau, dont Mademoiselle est friande. Ça en fera plus pour les autres.

La rue Neuve des Carmes, ce n'était pas la porte à côté, surtout avec un gros panier et un froid de canard. Quand on est arrivées pantelantes et frigorifiées chez le docteur Rabier (au numéro 12), c'est Christine qui a sonné. Et là, parce qu'on ne s'attendait pas à ça, on en a eu le souffle coupé, ma sœur et moi.

La grande femme grise qui avait ouvert la porte et nous fixait de ses yeux mornes et revêches, nous la connaissions. Ou plutôt, nous l'aurions reconnue entre mille. Car cette manière de sorcière, c'était une réincarnation de Madame Maman. Ce sont ses yeux qui l'ont trahie. Il y avait des différences dans la tournure, certes, mais l'*essence* était la même. Jusqu'à la bague en saphir, fort semblable, qui ornait ses longs doigts maigres. Il y avait donc tout une confrérie à Clermont-Ferrand. Voilà qui était nouveau pour nous. Ça expliquait au moins en partie tous ces vertiges qu'on subissait quand on se promenait dans la ville. Tout était lié.

Tout de suite, nous avons tenté de nous reprendre (ce n'était pas le sang froid qui nous manquait pour toutes sortes de raisons), je crois que nous n'avons rien laissé paraître. Tout en évitant son regard, nous l'avons donc saluée d'un air faussement guilleret afin de tromper l'ennemie et de mieux égarer les soupçons. Puis, en s'efforçant de garder une distance de sécurité, on lui a fait comprendre comme on pouvait, à la fausse gouvernante, que le docteur devait passer de toute urgence au 6 rue Pascal pour soigner le refroidissement mortel que Mademoiselle Bertaux-Chambon avait attrapé au Jardin Lecoq. Et on s'est remises en route comme des flèches, sans attendre sa réponse, au moment où la cathédrale sonnait les coups de 11 heures. Voilà, nous avions fait la commission. Comme ça, Madame Maman n'aurait rien à nous reprocher. Tout le monde pourrait continuer à faire comme si de rien n'était au 6 rue Pascal.

Certes, on était bec dans l'eau, on n'avait plus le temps de faire le tour par l'autre côté, sinon Madame risquait de se mettre dans un de ses états. On a donc été contraintes de passer par la place du Terrail, malgré les prémonitions qui nous préoccupaient. Par prudence, on a longé la place par la gauche, c'est-à-dire le plus loin possible de la boucherie, et sans lever les yeux dans cette direction (car les ondes se déplacent essentiellement à travers le regard). C'est pile le moment qu'a choisi Monsieur Simonet, du 18 rue Pascal, pour faire une apparition en face de nous avec son roquet, ce qui ne nous arrangeait guère. Alors, on a fait semblant de ne pas le voir et Christine s'est mise à parler fort en gesticulant du panier. Il a bien été obligé de se garer sur le côté pour nous laisser le trottoir. Certes, il n'avait pas l'air pas content, Monsieur Simonet.

Quand on est rentrées au 6 rue Pascal, l'atmosphère était plus lourde qu'une cathédrale. Madame Maman n'avait pas l'air contente de nous voir mais elle n'a pas osé s'y frotter. Christine est partie dans la cuisine en grommelant avec son panier. Moi j'ai dit à Madame en soufflant sur mes mains toutes rouges que le docteur n'allait pas manquer de passer. Enfin, sans doute. C'est-à-dire si l'on pouvait se fier à sa gouvernante et ça, ce n'était pas donné, mais nous ne pouvions rien y faire. Puis, sans la regarder, je suis retournée vaquer à mes moutons (l'astiquage des lustres) avec mes doigts gourds.

La sorcière avait fait la commission mais, Mademoiselle, on n'a pas su ce qu'elle avait eu, au bout du compte. Elle a passé trois jours au lit. Ils ne nous ont rien dit. On ne pouvait jamais se fier aux apparences, dans cette maison. Christine a pensé, va-t'en savoir, que c'était peut-être parce qu'ils ne l'avaient pas mariée à temps, et que ça lui avait tourné les sangs. C'était fréquent, apparemment, que les jeunes filles de famille se rongent les sangs, même si les familles n'aiment pas en parler.

Après le passage du docteur Rabier, je suis allée lui amener bouillon et bouillote en prenant les précautions d'usage avec des gants. Je l'ai regardée dormir un long moment sans faire de bruit. Ses cils tremblaient un peu quand elle dormait. On aurait dit un loup déguisé en sainte. Avec d'autres, ça aurait sans doute pris, le coup de Sainte Marie-Hélène, mais Christine et moi nous n'étions pas tombées de la dernière giboulée. C'est à regret que j'ai quitté la chambre de la belle au bois dormant, parce que les ourlets du pantalon de Monsieur ne pouvaient plus attendre. Pour l'heure, en tout cas, Mademoiselle n'était pas en état de nous causer des tracasseries, c'était déjà ça. Mais nous n'avons pas baissé la garde, loin de là. La maladie de Mademoiselle avait été une révélation pour nous. Nous savions désormais que les malices de la rue Pascal, c'était l'arbre qui cachait la forêt.

CHAPITRE 18

Pour ce qui est des événements eux-mêmes (je parle des meurtres de Madame Maman, Mademoiselle et Monsieur), je n'ai pas envie d'aller respirer ces remugles. Il est préférable de les ranger dans le grenier de ma mémoire. A quoi cela servirait-il de remuer tout cela ? Rien de bon ne saurait en sortir, vous pouvez me croire. Il n'y a que les docteurs des fous pour essayer de vous faire cracher le morceau. Avec les policiers, on a été claires dès le début. Nous n'avons pas cherché à nous échapper, au contraire : nous les attendions. Et quand ils ont enfoncé la porte de notre chambre mansardée, au deuxième étage du 6 rue Pascal, on leur a tout de suite montré patte blanche : c'est nous qui avons fait le coup, nous avons alourdi les maîtres, qu'on leur a dit, et nous sommes prêtes à vous suivre. On pensait que comme ça l'affaire serait plus vite réglée, sans le souci d'une longue enquête. Comme on s'était trompées ! D'avoir pincé les coupables, ça ne leur a pas suffi, ils sont tatillons dans la police. Professionnels aussi, je suppose, car il fallait qu'ils aident la justice à monter notre dossier. Et notre dossier était très compliqué pour eux vu qu'ils ne comprenaient pas tout, qu'il restait des *zones d'ombres*. C'est dommage. Ça a beaucoup compliqué l'*affaire Lelièvre*, semble-t-il.

Je crois pour ma part qu'il faut savoir accepter les choses comme elles se présentent. Il s'agit après tout d'un fait divers comme un autre. Je sais de quoi je parle puisque ma sœur et moi, nous en étions *friandes* de ces histoires qui font peur et n'arrivent qu'aux autres. C'est bien simple, c'est ce qu'on lisait en premier dans *La Vie arverne*, avant même le feuilleton et « La Page de la Femme ». Déjà à l'époque, il n'était question que de sang versé : des rentières ou des veuves au crâne fracassé, des fils qui tuaient leurs mères, des docteurs qui empoisonnaient leurs patients, des cheminots qui assassinaient des bonnes, des maris qui tuaient un peu tout le monde. Tenez, par exemple, l'été juste avant les événements (je parle toujours du meurtre des Bertaux-Chambon), nous avions suivi le crime de Pontgibaud avec beaucoup d'intérêt, ma sœur et moi. Et Pontgibaud, je vous le rappelle, ce n'est pas bien loin de Clermont-Ferrand ! Eh bien, il s'agissait d'une vraie horreur : toute une honnête famille de paysans avait été découpée à la faucille dans la cour de leur ferme. Les voisins avaient découvert le sanglant pot aux roses et sonné le tocsin. Rien n'avait été volé à la ferme, ni les livrets de Caisse d'épargne, ni les bijoux de famille, alors les gendarmes étaient restés penauds et déconfits sur plusieurs numéros de *La Vie arverne*. Et puis, tout d'un coup, alors qu'on ne s'y attendait même plus, Christine et moi, ils ont fini par pincer le coupable de ce crime atroce. Je vous le donne en mille : c'était un ramasseur d'œufs de fourmis, un dénommé Camélien Lefèvre, qui avait fait le coup. Il venait chaque année en Auvergne pour ramasser dans les bois des œufs de fourmis qu'il vendait ensuite pour l'élevage des faisans. Je m'en souviens parce que j'avais dit à Christine que je ne savais pas que les faisans mangeaient les œufs de fourmis. On s'était alors demandé si les cygnes en mangeaient aussi et l'idée de Mademoiselle en train de manger des œufs de fourmis au jardin Lecoq, ça nous avait bien fait rire.

Les paysans en question, il paraît qu'ils avaient refusé, la veille des événements (je parle cette fois des crimes de Pontgibaud), de vendre un fromage de chèvre à Camélien Lefèvre. Et ça lui a déplu, à Camélien, d'être traité comme un pouilleux ou un vulgaire gueux. Alors il en a fait un coup de sang. Mais quelques jours plus tard, il s'en est vanté dans le jardin de sa logeuse (qui était aussi sa maîtresse) et une voisine, qui était derrière la haie, a tout entendu. La voisine, elle est allée porter ça tout chaud aux gendarmes, en bonne citoyenne. C'est comme ça qu'ils ont pu arrêter Camélien, le ramasseur d'œufs de fourmis. Somme toute, cette histoire, ils n'en ont pas fait un plat aussi grand que pour *les sœurs Lelièvre*. Je trouve qu'ils ont été moins sur le dos de Camélien Lefèvre que sur le nôtre (même s'ils lui ont coupé le cou quelques mois plus tard).

Il faut savoir ranger ses idées, les prendre une par une et les polir avec vigueur jusqu'à ce que ça brille suffisamment pour éteindre les pensées noires (je crois que ça s'appelle un éteignoir).

C'est quelque chose qu'il faut faire régulièrement. C'est une question de survie et si ma sœur en est arrivée là où je vous ai dit, c'est parce qu'elle n'a pas su trier ses pensées et les empêcher de créer la pagaille dans son cerveau. Peut-être que si Madame Maman avait cessé de porter cette fichue bague, on n'en serait pas arrivées là. Je veux dire par là que les ondes ne seraient pas arrivées jusqu'à nous. Et la pagaille ne se serait pas installée dans le cerveau de ma sœur.

Ce qui est sûr, c'est que ma sœur Christine est morte, alors ça ne me la ramènera pas de repenser à cette journée fatidique. Et les Bertaux-Chambon sont, eux aussi, enterrés depuis si longtemps.

Il y a eu, paraît-il, une belle procession à la cathédrale pour l'occasion.

Un cortège funèbre formé de trois voitures à cheval (une pour Madame Maman, une pour Mademoiselle et une pour Monsieur) avait circulé dans la ville, tout avait été très bien décoré avec des tissus et des roses en papier de soie noir, et il y avait une foule immense et très recueillie pour les accompagner jusqu'à leur dernière demeure, au Cimetière des Carmes. Ils n'avaient pas lésiné sur les moyens, ça on ne peut pas le reprocher à monsieur le Maire. Ni à l'Évêque de Clermont-Ferrand.

Ma sœur, elle, a été enterrée seule, sans tambours ni musique, à l'asile des fous de la Cellette. Je n'y étais pas.

Et, pendant ce temps, du fond de ma cellule, les cloches lançaient d'affreux hurlements vers le ciel et sautaient avec furie dans ma tête.

CHAPITRE 19

Dans les yeux de Mademoiselle, il n'y avait rien à voir. Christine et moi, on a bien dû se rendre à l'évidence. Alors, on l'a fouillée de fond en comble. On a tout soulevé. Mais on n'a rien trouvé.

*

Quand on en a eu fini avec elles, on s'est retrouvées dans une mare de sang. Il y en avait partout : dans le couloir, sur les murs, jusqu'aux tableaux qui étaient couverts d'éclaboussures (surtout celui avec le lac de montagne). Ma sœur a dit : « Ah, c'est du propre ! ». Et c'est vrai que ce n'était pas beau à voir. Mais ça n'aurait servi à rien de nettoyer, alors on a tout laissé en l'état et on est allées se laver à l'évier de la cuisine. Du moins, je crois qu'on est d'abord allées se laver à la cuisine mais il est possible qu'on ait d'abord poussé le corps de Monsieur dans l'escalier de la cave pour dégager le vestibule (nous nous doutions bien qu'ils passeraient par là avant d'aller au 1er étage, où se trouvaient les deux autres corps). En remontant de la cuisine, j'ai pris quelques fleurs séchées qui se trouvaient dans un vase sur le guéridon du premier étage et je les ai jetées sur les corps de Madame Maman et de Mademoiselle. Par correction d'abord, et aussi parce que c'est comme ça que Camélien Lefèvre avait fait à la ferme de Pontgibaud, on l'avait lu dans La Vie arverne*, l'année précédente. Après l'horrible raffut, le calme régnait désormais dans les appartements. Aucune onde ne bourdonnait. C'était tout à fait supportable. Quand le téléphone s'est mis à sonner, nous avons sursauté mais nous ne sommes pas allées répondre : après tout, nous n'étions plus au service des Bertaux-Chambon. Parce qu'il était tard, parce qu'il n'y avait plus rien à faire, nous* *sommes remontées dans notre chambre et nous avons poussé le verrou. Nous avons alors brisé le miroir avec le même marteau qui venait de nous servir, en bas. Depuis le temps que nous avions envie de faire ça, ce fut un vrai soulagement. Les éclats ont volé de toutes parts. Le mauvais sort était conjuré, même s'il était trop tard.*

C'est alors que la longue attente a commencé.

CHAPITRE 20

Dans notre chambre de la rue Pascal, il y avait deux petits lits en fer, un tapis, une table (avec une cuvette et un broc), deux chaises, une armoire en pin, et un miroir. Le miroir n'y était pas au début, quand on est rentrées dans la place. Il était dans le bureau de Monsieur. Il a fallu que Christine prenne son courage à bout de bras pour le demander à Madame Maman. Comme l'entourage en bois exotique était un peu abîmé, et que Monsieur ne s'en servait pas, Madame Maman a dit oui, qu'on pouvait l'avoir dans notre chambre. C'était une grave erreur (ou le loup dans l'écurie) mais ça on ne le savait pas encore.

On l'avait posé sur la table, contre le mur, le miroir.

C'était très utile pour nous – même s'il était moins grand que celui des armoires de Mademoiselle et Madame Maman. Ça nous permettait d'essayer nos chapeaux, nos robes et nos chemises en dentelles à l'abri des regards jaloux et curieux. Nous aimions beaucoup nous y mirer lorsque nous portions nos pullovers roses. Nous faisions des mines, nous prenions des poses. *Les belles dames font comme ça. Et puis encore comme ça. Les filles font comme ça. Et puis encore comme ça. Mademoiselle fait comme ça. Et puis encore comme ça.* Et on retroussait les babines. On riait, on riait, comme des sardines (ou en sourdine ?) pour ne pas qu'ils nous entendent. C'est le miroir qui a fait de nous des jumelles joyeuses.

Mais ça n'a pas duré, hélas.

Lorsque les choses ont commencé à se gâter au 6 rue Pascal, le miroir s'y est mis lui aussi. A faire des siennes et à se retourner contre nous. Il a commencé à envoyer des mauvais reflets, à un moment où Christine et moi étions déjà d'humeur chagrine du fait des malices qui portaient sur nos nerfs dans la cuisine et ailleurs. En fait, ce n'était pas tant des mauvais reflets que des troubles de l'âme qui se dessinaient sur le miroir. Pis encore, nous avions le sentiment d'être *surveillées* dans notre propre chambre. Christine avait dans l'idée que c'était un miroir magique, un peu comme dans les contes, sauf que les mauvaises fées, c'était Madame Maman et Mademoiselle.

Avec ce miroir, *elles pouvaient nous regarder au moment où elles le souhaitaient.*

On sentait leur regard peser sur nous par moments, lorsque nous nous déshabillions. Elles voulaient donc nous voir toutes nues, quand on faisait notre toilette. Elles voulaient voir comment on était faites. Ah, c'était du beau. Pour ensuite nous critiquer et rire de nous. Mademoiselle devait s'en mordre les lèvres de gaité, la méchante personne, elle nous avait toujours détestées. Et vicieuse, avec ça. Personne, non personne n'aurait pu supporter cela.

Comment est-ce que Madame Maman faisait, est-ce qu'elle utilisait la bague pour brouiller le tain du miroir, ça nous ne le savions pas. Nous n'avions pas toutes les réponses. Mais ce dont nous étions sûres, c'est que nous n'étions plus libres de nos mouvements, pour ainsi dire. Parce que nous avions sorti les pullovers roses et les chapeaux en castor, une trop grande jalousie pesait sur nous. Et ça flétrissait notre plaisir d'acheter de nouveaux articles, vous comprenez, nous n'en avions même plus envie. Nous étions d'humeur morose – c'est-à-dire plus mauve que rose. De fait, nous n'allions plus aux Nouvelles Galeries de la Place de Jaude car nous savions que ça nous serait reproché, que ça nous rendrait la vie encore plus difficile.

Le miroir, on aurait bien voulu s'en débarrasser mais on ne pouvait pas. Madame Maman s'en serait aperçue lors de l'inspection de la chambre (elle venait fureter tous les samedis). Si elle avait introduit des paires d'yeux dans notre chambre, on se doutait bien que c'était surtout pour assister aux transformations de ma sœur, la nuit. Ce n'était pas une coïncidence si c'était arrivé pour ainsi dire en même temps.

Christine a bien essayé de tourner le miroir contre le mur pour qu'elles ne puissent plus nous voir mais les impressions de malaise n'ont pas disparu, tout au contraire : l'air s'était comme épaissi en l'absence de reflets. Visiblement, ils sortaient par ailleurs, les reflets, et continuaient de contaminer notre chambre. Nous avons alors essayé de frotter le miroir avec des produits décapants (pour voir si on pouvait tuer les ondes). Il fallait faire attention parce que Madame Maman gardait tous les produits ménagers dans le placard du water-closet, dans les appartements. Les matins, j'en rapinais des doses lors du nettoyage. Ma sœur et moi, on y a passé des heures à le frotter, ce miroir. Le *miror*, le lait de craie, le chlorure de chaux, tout ça, ça n'avait pas marché, alors on avait tenté l'acide chlorhydrique non dilué, mais en pure perte. Les malices étaient tenaces, elles n'ont pas voulu dégorger, même quand Christine a fait pipi dessus.

Le comble c'est que, le samedi, lors de sa visite (pour vérifier si notre chambre était bien tenue), Madame Maman faisait l'innocente, la sainte nitouche. Pas un seul regard en direction du miroir, cette pie-grièche. C'est bien simple, elle faisait semblant de ne pas le voir. Elle humait l'air, elle regardait sous les lits, elle soulevait le tapis. Elle parlait de remplacer les rideaux (nous pourrions avoir ceux du bureau, elle souhaitait en changer, il ferait très bien l'affaire pour notre chambre, disait-elle). Elle promenait un doigt ganté de blanc sur la table pour essayer de nous prendre la main dans le sac mais, côté poussière, on s'y connaissait, alors elle en était pour ses frais, Madame Maman. Elle avait le culot de nous complimenter sur la propreté de notre chambre (« bon, ça va, c'est bien propre »). Alors nous aussi on faisait la comédie, comme si de rien n'était. On jouait aux bonnes modèles pour mieux égarer les soupçons et tromper l'ennemie. *Oui Madame Merci Madame Bien sûr Madame.* On baissait les yeux, bien entendu, pour ne pas rencontrer son regard et éviter tout risque de branchement direct des ondes (et de court-circuit). On regardait nos chaussons. C'était plus prudent tant qu'elle était chez nous, à proximité du miroir.

Au fond de nous, on en avait jusqu'au souffle de coupé : c'était notre chambre, notre nid à nous, de quel droit épandait-elle ses malices dans notre territoire avec sa bague. Nous savions, certes, que c'était pour mieux nous asservir. Elle nous tenait : ma sœur et moi, nous étions prisonnières du miroir.

Bien entendu, du miroir, on n'en a pas soufflé mot lors du procès. De toute façon, la seule chose qui les intéressait par rapport à notre chambre, c'était le chauffage et l'électricité. Ils en ont fait grand cas de ça : *les sœurs Lelièvre avaient le chauffage et l'électricité.* Et c'est vrai que de ce point de vue nous n'étions pas mal loties. Monsieur et Madame Bertaux-Chambon étaient d'une grande générosité envers leurs bonnes, c'était des patrons irréprochables sous tous les revers et les coutures, ils ont dit. Ces ingrates de sœurs Lelièvre n'avaient d'ailleurs rien à leur reprocher, elles en ont elles-mêmes convenu. Elles étaient bien traitées, bien nourries, comme leurs maîtres, même pour ce qui est des desserts. Elles avaient tout le confort moderne, ce ne sont pas toutes les bonnes de Clermont-Ferrand qui peuvent en dire autant. *Ce ne sont pas tous les habitants de notre chère ville qui peuvent en dire autant !* Certes, Monsieur et Madame Bertaux-Chambon avaient, peut-être, conservé des traditions un peu désuètes, des traditions… d'une autre époque, d'un autre siècle, dirons-nous : ils ne parlaient pas ou peu à leurs bonnes. *Et alors ?* Je vous le demande : est-ce là un crime ? est-ce une raison, Messieurs les Jurés, pour commettre des actes d'une si sanglante barbarie, d'une sauvagerie sans nom ?

Quand il disait ça, Monsieur le Procureur, il en avait la voix qui tremblait d'indignation, il gesticulait, il nous regardait d'un air courroucé (et furibond aussi). On sentait bien qu'il y croyait dur comme fer, à ce qu'il disait. Pour lui, on était comme des sauvages des îles – nous avions lu un article là-dessus dans le journal, parfois ils se mangent même entre eux.

Alors, on a eu un peu honte. On aurait bien aimé qu'il ne soit pas en colère contre nous, cet homme. On avait bien assez de problèmes comme ça. Comme on ne savait pas trop quoi faire, et qu'en plus on était très fatiguées par ce dossier, on a regardé nos souliers vernis. Heureusement, juste avant le procès, notre avocate avait réussi à nous faire passer les chaussures à lacets en cuir noir que nous avions achetées chez le marchand de la rue des Gras. Ça nous avait un peu revigorées.

Après (ou est-ce que c'était juste avant ce discours ? j'ai un brouillage de cerveau), Monsieur le Procureur a fait venir tout un chapelet de bonnes. Elles ont défilé, l'une après l'autre, ça a duré un sérieux moment. Elles avaient été en service avant nous chez les Bertaux-Chambon, quelques mois pour certaines, des années pour d'autres. Il y avait même la Limousine aux doigts boudinés qui ne savait pas se servir de la brucelle (ce n'est pas donné à tout le monde de savoir manier une brucelle à chapeaux). Je crois que Monsieur le Procureur les avait invitées pour enfoncer le clou que c'était de bons maîtres. Et ça n'a pas loupé, elles ont toutes dit qu'elles étaient très bien au 6 rue Pascal, que c'était une bonne place en or comme on n'en trouve pas beaucoup de nos jours. Elles y seraient bien restées, elles, chez Monsieur et Madame Bertaux-Chambon, si elles n'avaient pas dû se marier / se mettre à leur compte / rentrer dans leur famille au fin fond de l'Auvergne ou du Limousin, et d'autres choses encore.

Tout le monde était tombé d'accord là-dessus, il n'y avait aucune raison d'alourdir la famille Bertaux-Chambon de cette façon (c'est-à-dire avec des couteaux, un marteau, un pichet en étain et une casserole en cuivre). *L'affaire Lelièvre* était choquante – la preuve, ça avait fait tellement de tourbillons que les journalistes de Paris s'étaient déplacés. On n'avait pas vu ça depuis l'affaire du Corbeau de Tulle, au début des années vingt. Plusieurs docteurs sont venus donner leur honnête opinion à Monsieur le Juge. L'un d'entre eux a dit qu'un tel acharnement, c'était du raffinement dans la cruauté, et qu'il n'avait pas trouvé d'équivalent dans les annales (je crois que c'est une sorte de dictionnaire médical).

Vu sous cet angle, c'est vrai qu'il n'y avait pas grand-chose à ajouter. Notre compte était bon. Alors pour leur faire plaisir (c'était vraiment la moindre des choses vu le dérangement), on a répété qu'on n'avait rien à reprocher aux Bertaux-Chambon. On pensait que ça permettrait de boucler plus rapidement notre dossier et cet horrible procès. Et puis on n'allait tout de même pas déballer les ondes en plein tribunal. Ça ne les regardait pas, d'abord. Ensuite, il fallait bien avouer que notre affaire se présentait mal depuis le début, depuis qu'ils nous avaient séparées. Bref, on sentait que ce serait mal interprété, le coup des ondes.

Je ne sais pas si c'est le discours de Monsieur le Procureur qui l'a remuée ou quoi mais notre avocate a fini par se retourner contre nous. Pourtant, elle était bien partie. Elle a longuement parlé de notre enfance à l'orphelinat de la Providence, de notre mère (Madame Lelièvre), de nos années de service irréprochable. Elle a demandé à Messieurs les Jurés s'ils savaient ce que c'était que le *dur labeur* de domestique. Elle a parlé de la condition des bonnes, des patrons, honnêtes et respectables certes, mais exigeants et tatillons, qui ne laissaient rien passer (pourtant on ne lui avait rien dit sur Madame Maman – j'ai compris plus tard que c'était de l'intuition féminine). Mais, soudain, alors que personne ne s'y attendait, et que pour notre compte nous avions laissé voguer nos pensées, elle a annoncé comme ça devant tout le monde que *nous n'étions pas responsables de nos actes*. Elle a ajouté que c'était son intime conviction, établie au fil des mois et des multiples entrevues avec les accusées et que, personnellement, rien ne pourrait la convaincre du contraire. Pas même les rapports de Messieurs les experts, avec tout le respect qu'elle leur devait. Et elle a demandé à Messieurs les Jurés d'en tenir compte dans leurs délibérations parce que ce n'était pas du ressort de la justice de condamner des folles.

Sur le coup, on a été blessées mais on ne lui en a pas trop voulu parce qu'on sentait bien qu'elle y croyait et qu'elle pensait que ça aiderait drôlement notre cas. Mais les jurés, eux, étaient plus malins, ils n'ont pas avalé le crapaud. Ils ont décidé au bout du compte qu'on était saines d'esprit et qu'il fallait qu'on soit punies pour ces crimes sanguinaires. Ils ont beaucoup parlé des fondements de la société et d'autres choses encore. Malheureusement, ça voulait dire que nous étions bonnes pour la potence – enfin, Christine, comme elle avait le droit d'aînesse – donc ce n'était pas une bonne nouvelle (je vous l'ai dit, notre dossier était très compliqué).

C'est sans doute cette histoire d'échafaud qui a frappé ma sœur, allez savoir, parce qu'elle n'a plus jamais été la même après le procès. Et pourtant, quelques mois plus tard à peine, Monsieur le Président de la République Albert Lebrun en personne s'est montré très gracieux, c'est-à-dire qu'il l'a pardonnée. Il n'a plus été question de gibet pour Christine. Mais au moment où Monsieur le Juge a lu le verdict, à la Cour de Justice de Clermont-Ferrand, ma sœur n'était pas préparée à ça. Elle est tombée à genoux et elle s'est mise à prier comme Sainte Bernadette de Lourdes.

Moi je n'ai rien fait. Je suis restée debout et je les ai regardés.

CHAPITRE 21

Je crois qu'il va falloir rembobiner un peu pour parler de Maître Verrière, le frère de Madame Maman. On ne l'aimait pas le frère de Madame. C'est-à-dire qu'il ne nous plaisait guère. Et même si on n'a jamais pu prouver qu'il était de mèche pour les miroirs et les ondes, on se doutait bien, Christine et moi, qu'il était moins blanc que l'agneau qui vient de naître.

Il ressemblait à Vercingétorix, Maître Verrière, mais sans la moustache et en plus mou, plus affaissé, si vous voyez ce que je veux dire. Il a échappé à la tragédie de justesse, ça on peut l'affirmer, vu qu'il était invité au repas du soir. C'est d'ailleurs lui qui a tiré la sonnette d'alarme. Il a dit au procès qu'il avait tout de suite compris de quoi il retournait et qu'il était allé *chercher des renforts* quand il avait vu qu'on n'ouvrait pas la porte, le jour du malheur. S'il était arrivé plus tôt, s'il s'était trouvé sur place au moment où on leur réglait leur affaire, on l'aurait alourdi lui aussi, ça ne fait pas grand doute vu la façon dont la machine s'était emballée.

Maître Verrière avait pris l'habitude de se faire inviter à dîner tous les jeudis au 6 rue Pascal. Il avait de ces exigences de papilles, vous n'avez pas idée. Des exigences que Monsieur lui-même ne se serait jamais permises, d'ailleurs, soit dit en passant. Madame Maman lui passait tout, les meilleurs morceaux, les primeurs, il fallait qu'ils soient pour son vilain bec. Et je vous prie de croire que, pour une fois, elle ne mégottait pas sur les notes d'épicerie.

Maître Verrière téléphonait la veille pour passer commande de ses envies culinaires comme si Christine tenait un restaurant. Et nous, on n'avait pas le choix, Christine filait au marché, moi je sortais le service de Sèvres dans la salle à manger, il fallait bien qu'on fasse bonne fortune et contre mauvaise figure bon cœur. Tout ça sous les regards moqueurs de Mademoiselle, bien entendu, qui savait très que c'était un supplice pour nous. Un rien l'amusait, Mademoiselle Marie-Hélène.

Les plats, les ingrédients étaient choisis avec soin et, parfois (on ne me l'ôtera pas de l'idée), dans le but d'humilier ma sœur – comme c'était le cas avec les croquettes de cervelle ou les pieds de porc panés. Et bien entendu, tous ces champignons. Ce n'était pas un hasard, croyez-moi, si Maître Verrière exigeait des champignons à longueur d'automne. Ma sœur et moi, on ne pouvait pas en manger des champignons, ça nous provoquait des répulsions alimentaires jusqu'à la nausée, surtout Christine. Mais ça ne s'arrêtait pas là.

En effet, on savait avec certitude, Christine et moi, que les champignons étaient des capteurs d'ondes – on l'avait lu dans *La Vie arverne*. C'est-à-dire que les champignons ont des propriétés spéciales ; ils se conduisent comme une éponge, si vous voulez. Ils imbibent tout ce qui circule comme effluves et ondes naturelles et quand on les fait cuire, eh bien la personne qui les prépare (à savoir Christine) se trouve exposée. Et, si c'est à forte dose, ça peut même aller jusqu'à rendre fou. Bref, Christine dégustait, pour ainsi dire. Nous avions déjà eu l'occasion de faire le rapprochement entre la cuisson des champignons de Maître Verrière et les états noirs de ma sœur. Je suppose que vous voyez où je veux en venir.

Sous ses airs gourmands et bonhommes, et malgré tous les compliments sur la bonne cuisine de ma sœur (et ça c'est vrai que ma sœur était un cordon jaune de première main, j'essaierai de vous donner quelques recettes si j'y pense), cet homme était peut-être un incube – c'est une sorte de diable qui s'infiltre dans les maisons pour abuser des femmes dans leur sommeil. Christine savait de quoi il retournait puisqu'elle en avait déjà éconduit un à l'orphelinat de la Providence. Bref, on pensait, et c'était une vraie possibilité, que Maître Verrière jouait un rôle sordide dans les transformations que ma sœur subissait la nuit. On pouvait être sûres qu'il ne nous voulait pas que du bien et qu'il n'était pas le seul. Peut-être que Madame lui avait demandé, peut–être pas, mais nous on n'était jamais tranquilles quand il venait, surtout les derniers temps. Les nourritures qu'il commandait étaient propices aux cauchemars et, on l'avait remarqué, à l'occupation des corps et des esprits.

CHAPITRE 22

Procès de Christine et Léa Lelièvre.

Déposition de Maître Verrière, frère de Madame Hermance Bertaux-Chambon, l'une des victimes [extraits]

Eh bien, je dois avouer que je les ai toujours trouvées peu sympathiques, les sœurs Lelièvre. Mais de là à ce que… enfin, vous voyez ce que je veux dire ! Personne, non personne, n'aurait pu prédire cela.

J'échangeais parfois quelques mots avec l'aînée, en passant, par pure courtoisie. Par humanité, pourrait-on dire. Elle n'était pas bavarde, ça non ; elle était polie, sans plus.

Je trouvais depuis quelque temps qu'elle avait les yeux bizarres. J'en avais même fait la réflexion à ma sœur. Je lui ai dit : « Ma chère Hermance, votre cuisinière a un regard étrange, et sa sœur aussi. Je me demande si vos bonnes ne sont pas un peu piquées ». Et puis je n'y ai plus repensé. Si seulement…

Hermance était tellement bonne. Elle ne voyait le mal nulle part !

[…]

Non, elles n'avaient pas de famille, que je sache. Ma sœur avait dû mettre un terme, il y a plusieurs années de cela, aux visites de leur mère, une harpie qui leur volait leurs gages. Elles ne subissaient donc plus aucune influence délétère.

[…]

Vous savez aussi bien que moi à quel point il est difficile de trouver des domestiques capables, et de bonne moralité, de nos jours. Or, ces deux-là étaient de mœurs irréprochables. Jamais la moindre lettre ou sortie douteuses (ma sœur s'en était assuré, comme il était de son bon droit, et même de son devoir, de le faire). A part, maintenant que j'y réfléchis, une visite au cirque, à l'automne dernier, qui l'avait intriguée. Mais bon, après tout, le cirque… il faut bien vivre avec son temps, Messieurs, on ne saurait voir le mal partout !

Et jamais elles n'allaient au bal. Je crois qu'elles ne fréquentaient même pas les bonnes du voisinage. Elles passaient leurs congés, toujours toutes les deux, dans leur chambre de la rue Pascal, ce qui convenait fort bien à ma sœur et mon beau-frère.

Au tout début, il doit y avoir de cela cinq ou six ans, ma sœur s'était demandé si l'aînée ne buvait pas en cachette. Elle la trouvait bien énervée. Après vérification, elle avait conclu que ce n'était pas le cas.

[…]

Ma sœur trouvait qu'elles dépensaient beaucoup trop pour la parure. Elles manifestaient un goût immodéré pour les robes, la toilette – ma nièce avait également mentionné ce fait à plusieurs reprises. Cela ne convenait certes guère à leur condition et faisait hausser quelques sourcils. Un Noël, je m'en souviens, elles avaient fait une apparition, enfanfreluchées de bonnets de castor, pour se rendre à la messe de minuit. Imaginez un peu, des bonnes en bonnets de castor, mais où va-t-on ?

Ma sœur avait fermé les yeux sur ce regrettable travers. Elle n'en avait soufflé mot. Comme je vous le disais, Hermance était d'une grande bonté – à ce propos, j'ai été fort peiné par les insinuations, à peine voilées, faites par certains écrivassiers dans nos feuilles locales. Des colporteurs de ragots nauséabonds ! Madame Bertaux-Chambon était de nature généreuse et elle n'aurait pas fait de mal à une mouche. Le seul tort de ma sœur, irréparable je vous l'accorde, fut de manifester une indulgence excessive envers ces… ces brebis enragées.

Si seulement j'avais su insister pour qu'elle les renvoie !

[…]

Mon beau-frère ne m'a jamais fait part du moindre soupçon les concernant, ma nièce non plus, même si j'ai des raisons de croire qu'elle ne les appréciait guère. Il faut dire aussi qu'ils ne leur parlaient pas ou si peu, c'est ma sœur qui veillait au service.

Et, certes, les sœurs Lelièvre donnaient entière satisfaction de ce point de vue. Elles étaient propres et soigneuses. Ma sœur les avait bien dressées.

La table était impeccable – c'est l'aînée, Christine Lelièvre, qui s'en occupait. On mangeait très bien chez ma sœur et mon beau-frère, je sais de quoi je parle puisque j'y dînais tous les jeudis, parfois en compagnie du frère de mon beau-frère. Rien de très ostentatoire, sans doute (ce n'était pas le genre de la maison), mais ma sœur faisait servir une excellente cuisine traditionnelle. Christine Lelièvre réussissait les champignons à la perfection, surtout les omelettes aux cèpes et le veau aux morilles. Elle faisait aussi très bien les ris de veau, les soles meunières. Et ses cervelles d'agneau en croquettes étaient un délice…

Mais je m'égare, où en étais-je ? Vous m'avez demandé, Monsieur le Procureur : y avait-il des signes ? Vous pensez bien que cette question ne cesse de tourner en rond dans ma tête depuis… depuis ce jour fatidique.

[…]

La plus jeune, Léa Lelièvre, était silencieuse, je ne crois pas avoir entendu le son de sa voix. Pour moi, elle était entièrement sous la coupe de sa sœur – les deux étaient d'ailleurs inséparables. Elle arborait parfois un sourire étrange et déplacé de Joconde, dont je ne savais que faire.

Mais si l'on devait s'arrêter sur chaque bizarrerie de ses domestiques, où irions-nous, je vous le demande ?

Non, pour ma part, je suis arrivé à la conclusion que les sœurs Lelièvre ont agi avec préméditation et par pure méchanceté.

CHAPITRE 23

Nous n'étions pas toujours lugubres, je ne voudrais pas que vous vous fassiez la mauvaise idée. Durant ces journées étranges et pesantes, nous réussissions parfois à attraper une accalmie au vol, un moment de repos et de répit, pour ainsi dire. Un dimanche, Christine et moi nous avons même pris le tram qui partait de la place Lamartine pour aller jusqu'en haut du Puy de Dôme. Ils avaient dit dans *La Vie arverne* que c'était une expérience que tout Clermontois digne de ce nom se devait de faire au moins une fois dans sa vie. On valait bien les autres citoyens clermontois, comme ma sœur l'avait fait remarquer, alors on avait décidé d'y aller, comme ça, pour voir.

Nous avions mis des jupes en percale ajourée de couleur bordeaux, des bas et des pullovers en laine (pas les roses en angora). Des jaquettes de sport mi-courtes, en vogue à l'époque – et qui nous seyaient très bien, je dois dire –, complétaient notre mise, avec nos chapeaux et parapluies de ville. Nous avions aussi pris avec nous un sac de toile qui contenait des brioches, des pains de Gênes et un litre de cidre. Mademoiselle en était restée comme baba (ou bouche bée, si vous préférez) quand on l'avait croisée dans le hall d'entrée. Il faut dire que ce n'était pas dans nos habitudes de partir ainsi équipées pour des expéditions lointaines. Nous l'avons saluée d'un signe de tête, ferme mais digne, puis nous avons pris la poudre de perlimpinpin sans lui laisser le temps de réagir. Eh oui, nous aussi nous avions le droit de prendre un peu de bon temps, quitte à lui en boucher un coin, à Mademoiselle. C'est ce qu'on se disait, Christine et moi, en descendant la rue Savaron. Le dimanche, nous ne devions rien à personne ; ils ne pouvaient rien contre nous. Elle n'avait qu'à aller porter ça tout chaud à Madame Maman, si elle le souhaitait. De toute façon, nous avions pris nos précautions : avant de partir, nous avions saupoudré la poignée de la porte avec de la farine. S'il leur venait l'idée d'aller fouiner dans notre chambre, nous le saurions et nous agirions en conséquence.

Il faisait beau mais plutôt frais pour un dimanche de septembre. Bref, il était clair que l'été était fini et que nous n'allions pas vers de beaux jours. Sur la place Lamartine, nous avons attendu que le tramway arrive, en compagnie de badauds. Il y avait un peu de tout, des bourgeois en chapeaux, des ouvriers, des femmes avec des parasols, et quelques enfants aussi. Nous avions acheté notre billet la veille parce qu'un tiens vaut mieux que deux tu l'auras (et mieux vaut tenir que courir). Comme on se méfiait des personnes seules, dans le tramway on s'est assises sur un banc en face d'une famille avec deux enfants.

Le trajet a duré assez longtemps, on a fini par ne plus reconnaître les rues puis on a quitté la ville et on a vu des vaches dans les prés. Le tramway s'est mis à monter la côte comme un âne un peu poussif, on espérait seulement que les freins n'allaient pas lâcher. Un accident de tram s'était produit dans une ville de France dont nous avions oublié le nom quelques années auparavant, c'est Christine qui s'en est souvenue. Du coup, nous n'étions pas rassurées. Pour se remonter le moral, on a ouvert notre sac et on a commencé à grignoter – une brioche pour Christine, un pain de Gênes pour moi. Le petit garçon et la fille nous dévisageaient. Peut-être qu'ils n'en voyaient pas tous les jours de la brioche. Mais même si on avait voulu, on ne pouvait pas leur en offrir. Ça aurait peut-être été mal pris.

Enfin, le tramway est arrivé à destination, au Grand Tournant. Nous sommes sorties avec les autres sur une sorte de trottoir. Juste en face se tenait une longue palissade blanche en bois. Il y avait un peu de soleil et une petite bise qui claquait.

Nous n'avions pas été suivies, de ça nous étions presque sûres. Nous avions fait très attention, comme vous pouvez vous en douter, et dévisagé chaque personne qui était descendue au Grand Tournant, mine de rien (nous n'avions pas, en règle générale, les yeux dans nos poches). Tout ce petit monde a tourné en rond pendant une ou deux minutes et puis des messieurs à l'air jovial et décidé ont ouvert le chemin et on a suivi le mouvement.

On a marché sur un sentier un peu raide et pas très bien entretenu jusqu'à une plateforme. Là se trouvait le fameux point de vue (ou le « panorama ») sur les autres volcans et la ville de Clermont-Ferrand. Nous l'avons reconnu parce que nous l'avions vu sur une affiche verte, lorsque nous avions acheté nos billets : *« Le Puy de Dôme* vert *chez vous. Venez en prendre plein la vue*. Billets en vente au kiosque de la Place Lamartine *»*.

Les gens hochaient de la tête et pointaient toutes sortes de choses du doigt. Pour faire comme eux, on a essayé de trouver notre rue mais, la rue Pascal, c'était l'aiguille dans la botte de foin, alors on a dû abandonner. En tout cas, c'est vrai que la cathédrale était élancée et majestueuse avec ses flèches noires ; elle avait fière allure, pour ça, il n'y avait rien à dire, on en avait pour notre argent.

C'était assez venteux, et on a commencé à avoir froid, malgré les jaquettes de sport coupe-vent. On a aussi commencé à s'embêter un peu. Il n'y avait pas grand-chose à faire là-haut au bout du compte, même si on ne regrettait pas d'être venues. On aurait bien aimé redescendre tout de suite mais ça n'aurait sans doute pas été convenable. Alors, on a regardé autour de nous. C'était caillouteux avec de grandes étendues verdâtres remplies de vaches. Au loin Christine a cru voir un aigle (j'entends un aigle des monts d'Auvergne). On a attendu un moment pour voir s'il allait réapparaître. Puis, comme on avait peur d'être en retard et de rater notre tramway de retour, nous avons commencé à redescendre, en faisant très attention à nos chaussures (nous avions pris nos chaussures noires à bout carré, par précaution).

C'est sur la descente que ça s'est produit. Sans avertissement aucun. Christine a eu, comment dire... une crise d'inspiration soudaine et inattendue (mais néanmoins bienvenue). Ses yeux se sont exorbités, elle a levé les bras au ciel et je dois avouer que j'ai eu un peu peur (j'ai même cru qu'elle avait été mordue par un serpent des montagnes) mais soudain elle a piqué une euphorie, elle s'est mise à rire, à rire, tellement elle se sentait bien. Ça m'a rassurée de voir ma sœur aussi joyeuse. Elle m'a expliqué qu'elle avait eu comme un gros soulagement. Un couvercle s'était pour ainsi dire soulevé de sa poitrine et quelque chose d'invisible mais de très lourd (un Saint-Esprit quelconque ?) s'était envolé. Peut-être que ça voulait dire que les malices avaient été levées. Peut-être que les ondes de la bague de Madame Maman ne pouvaient plus nous atteindre à cause de l'altitude. Il était difficile de savoir ce qui s'était vraiment passé. En tout cas, Christine éprouvait un grand bonheur ; elle en avait des larmes de joie dans les yeux, ma sœur. Moi bien sûr j'étais contente de voir qu'il y avait eu un renversement des ondes. On le méritait bien, somme toute (évidemment, ça n'a pas duré et les ondes sont vite revenues nous tourmenter, mais ça on ne le savait pas, en ce jour béni du Puy de Dôme).

Christine sautait comme une biquette en redescendant, j'avais du mal à la suivre. C'était difficile pour elle de contenir toute cette joie, elle se sentait si légère. On aurait cru qu'elle allait s'envoler du Puy de Dôme, ma sœur. De la voir dans cet état, ça m'avait mise en gaité, moi aussi. Quand on est arrivées en bas, au Grand Tournant, on était si excitées que ça débordait de tous les côtés. On riait, on riait en se tenant les côtés, on ne pouvait plus s'arrêter. C'est bien simple, tout nous amusait, on aurait dit des folles de Chaillot ! On se sentait merveilleusement bien. Je crois d'ailleurs que je ne me suis jamais sentie aussi bien que ce jour de septembre 1932, en haut du Puy de Dôme.

On a regardé autour de nous pour savoir avec qui on pouvait partager toute cette joie. Sur le quai, il y avait un jeune couple qui nous décochait des coups d'yeux timides, de-ci, de-là. Pour les rassurer que nous n'étions pas des souillons évaporées, et qu'on avait les idées bien accrochées malgré notre apparence rieuse, on est allées les saluer. Nous leur disons joyeusement bonjour Messieurs-Dames, histoire de les dérider. Mais on ne peut pas s'empêcher de rire de la mine surprise du couple, ils sont si graves. En tout cas, ils n'avaient pas l'air méchant pour deux sous, on voyait tout de suite que c'était des gens très bien, des gens dignes qui ne cherchaient pas d'histoires à leurs concitoyennes. Seulement il était clair qu'ils ne partageaient pas notre gaité, ils n'avaient pas réussi à capter une euphorie en haut du Puy de Dôme, eux. Ce n'est pas donné à tout le monde.

Ma sœur et moi, on ne leur en a pas fait grief. Et pour leur montrer qu'on ne se moquait pas, que ce n'était pas du tout notre intention, Christine a décidé de lancer un brin de causette, comme ça, pour se les mettre dans nos poches.

Elle leur a parlé de l'importance des promenades (pour s'aérer toutes les pensées et évacuer microbes et mauvaises ondes), de la pluie et du beau temps, et puis aussi du vent, qui soufflait si fort en haut du Puy de Dôme. En sautant du coq à l'âne (mais il y avait un lien), elle a enchaîné sur le Jardin Lecoq qui était de loin le plus beau jardin de la ville de Clermont-Ferrand. N'étaient-ils pas de cet avis ? Puis, comme on les trouvait sympathiques ces jeunes gens – réservés mais sympathiques –, elle leur a même glissé au passage un mot d'avertissement sur les cygnes du Jardin Lecoq, qui n'étaient pas toujours les oiseaux qu'on croyait. Elle ne pouvait pas leur en dire plus, certes, sous peine de tout éventer, mais elle leur a fait promettre de ne pas donner de pain au cygne à bec jaune orangé. Pas le moindre petit croûton. C'était une bête méchante et vicieuse, comme ils n'en avaient pas idée. Le jeune couple a hoché la tête ; ils avaient l'air un peu préoccupé, l'homme surtout avait une mine apeurée : au moins, ça prouvait qu'ils n'étaient pas simplets d'esprit, le message avait l'air d'être passé.

Pendant ce temps, notre joie était retombée comme un soufflet et on commençait à en avoir assez de parler à des étrangers – enfin, Christine, puisque c'est elle qui faisait tous les frais de la conversation (il faut bien dire que ce n'était pas un couple bavard). Or, ce n'était pas trop dans nos habitudes de parler si longtemps ; ma sœur est moi, nous étions de nature plutôt réservée. Comme le tramway était prêt à partir, on en a profité pour s'engouffrer dans la première voiture venue, afin de couper court aux effusions de départ.

Heureusement, tout s'est bien passé sur le trajet de retour. Nous avons fini notre cidre et nos brioches en regardant le paysage. Nous sommes rentrées au 6 rue Pascal pile au moment où la pendule sonnait les coups de cinq heures. Je m'en souviens parce que je me suis regardée au passage dans la glace du couloir. Je nous ai trouvé un air sauvage et magnifique, et j'ai pensé que le Puy de Dôme nous avait vraiment réussi. On l'avait avalé le grand bol d'air d'Auvergne dont ils parlaient dans *La Vie arverne*.

On a bien vu que Madame mourait d'envie de savoir où nous étions allées mais elle en a été pour ses frais, Madame Maman. On l'a laissée mariner dans son vinaigre de curiosité jusqu'au dîner. Alors que Christine débarrassait la table, elle a fini par demander, avec son ton de ne pas y toucher, où nous avions bien pu passer le dimanche pour avoir toutes ces couleurs. Ma sœur lui a dit qu'on était allées au cirque. Elle lui a dit aussi qu'on avait surtout aimé les clowns, et qu'on avait bien ri.

Pour notre part, on a mangé de très bon appétit (des côtelettes froides et des croquettes de riz, si mes souvenirs sont bons).

Nous avons dormi comme de vieilles souches. Nous n'avons pas eu de « visite » cette nuit-là. Ni la suivante. La voix espiègle et malveillante n'est pas venue susurrer ses horreurs à l'oreille de ma sœur – cette voix moqueuse (de Mademoiselle aurait-on dit) qui suggérait des choses si vilaines et si obscènes que, jamais depuis, je n'en ai entendu de semblables.

CHAPITRE 24

Déposition de Tessier, Lucie, 60 ans, guérisseuse, codétenue de Christine Lelièvre. 22 juillet 1933. Maison d'arrêt de Clermont-Ferrand.

Étant codétenue de Christine Lelièvre, j'ai pu constater à trois reprises chez cette inculpée des crises de très grandes violences [sic]. Au cours de ces crises, elle se lève brusquement de son lit et se précipite à la recherche de sa sœur. Elle prononce des paroles grossières et réclame sa sœur à grands cris. Elle demande aussi son mari et son enfant et affirme qu'elle a été le mari de sa sœur Léa dans une vie antérieure.

Elle embrasse la terre et fait des signes de croix avec sa langue, tantôt sur le sol, tantôt sur les meubles, tantôt sur les murs. Elle a voulu se crever les yeux en ma présence et, comme je la maintenais, elle m'a saisi la main droite et l'a placée dans sa bouche entre ses dents. J'ai été obligée de lui tordre le nez pour lui faire lâcher prise et je lui ai moi-même envoyé deux gifles. Elle bondissait à droite et à gauche, de sorte que les surveillantes ont été obligées de lui passer la camisole de force. Elle est encore bien agitée et nous ne sommes pas tranquilles, surtout la nuit. Mais moi et les autres codétenues nous la surveillons et nous sommes bien décidées à ne pas subir ses violences. Je lui tiens tête et elle m'écoute assez bien. Elle se couche quand je lui dis de se coucher. Elle dit parfois qu'elle se vengera de tous ceux qui lui font du mal. Elle nous dit aussi parfois : « M'en voulez-vous ? ». Je lui réponds : « non, mais non, on sait bien que vous avez eu une crise ». Lors de sa grande crise, elle avait de l'écume à la bouche, et aujourd'hui j'ai remarqué qu'elle en avait un peu. Mais elle n'a pas eu d'accès de violence.

Elle s'est contentée de se mettre à genoux et de prier. Avant sa première crise de violence, elle avait une sorte d'hallucination : elle voyait sa sœur, disait-elle, pendue dans un arbre, les jambes coupées.

Elle nous dit parfois : « je suis perdue, on va me couper la tête, qu'est-ce qu'il faut que je fasse ? ». Nous lui conseillons de s'adresser à son avocate. Elle nous dit que s'il faut mourir, elle ira carrément. Au cours de ces crises, tout en prononçant des paroles obscènes, il lui arrive de relever ses jupes devant nous. Je crois qu'elle est hystérique et que toutes les manifestations auxquelles elle s'est livrée ont apparu au moment de ses menstrues.

Déposition de Despeyroux, Thérèse, 55 ans, rempailleuse, codétenue de Christine Lelièvre. 25 juillet 1933. Maison d'arrêt de Clermont-Ferrand.

Hier matin, Christine Lelièvre, qui était couchée, s'est levée d'un bond, s'est précipitée vers la fenêtre et a saisi les barreaux à pleines mains en s'écriant : « Pardon ! Pardon ! Je ne recommencerai plus ». Elle l'a répété devant la surveillante. Une codétenue l'a détachée des barreaux avec beaucoup de difficultés (elle paraissait dans un état de surexcitation extrême, essayant même de s'arracher les yeux). Madame la gardienne-chef a fait venir sa sœur Léa. Quand elle l'a vue, elle l'a prise dans ses bras et l'a serrée à l'étouffer. Puis, s'étant assise sur le bord du lit avec sa sœur, à l'invitation de la surveillante, elle a enlevé sa chemise et, dans un état d'exaltation croissante, elle lui a dit « Dis-moi oui ! Dis-moi oui ! ». Elle avait des yeux effrayants et demandait à la surveillante de la laisser seule avec sa sœur. Elles ont été séparées néanmoins et Christine est venue avec nous à l'atelier où elle a paru se calmer. C'est tout ce que j'ai vu.

CHAPITRE 25

Ils m'ont laissé voir ma sœur une seule fois avant le procès. La surveillante gris souris qui sentait l'oignon et le renfermé est venue me chercher pour aller lui rendre visite. J'attendais ce moment en regardant à qui mieux mieux à travers les barreaux de ma cellule. Je voyais un bout de ciel et, parfois, un oiseau ou un nuage passait devant, c'était tout un spectacle. Et puis j'entendais sonner les cloches comme si j'y étais : la prison est derrière la cathédrale, à trois pas de la rue Pascal. Il fallait bien avouer que nous n'avions pas eu à faire beaucoup de chemin ; nous n'étions guère dépaysées, comme on dit.

Quand elle est arrivée, la grisole, j'étais assise sur mon lit, je ne faisais rien. Je ne faisais plus rien tous les jours. Autrement dit, j'avais décliné toute activité depuis notre arrivée à la maison d'arrêt. Ils avaient bien essayé de me donner de la couture, par peur que je file du mauvais coton, mais j'avais dit non-non, que ça ne m'intéressait pas. Je savais que les prévenues n'étaient pas obligées de travailler. Les longues heures, le service, tout ce labeur, c'était fini puisqu'on avait rendu notre tablier (pour ainsi dire). Après le procès, on verrait bien. Alors, j'aurai le temps de travailler, je me disais. Après le procès. Quand notre dossier serait enfin complet, et la situation clarifiée.

Christine était très énervée, ils espéraient que j'allais pouvoir la calmer. La grisole a dit ça en me regardant d'un air méchant. N'était-elle donc pas au courant de ce que nous avions fait, cette femme ? Est-ce qu'elle ne lisait pas *La Vie arverne*, comme tout le monde ? J'aurais aimé lui montrer de quoi nous étions capables, Christine et moi, quand les furies se manifestaient. Ils en étaient tous d'accord que ce n'était pas beau à voir.

Ma sœur partageait une cellule avec deux matrones qui s'appelaient Thérèse et Lucie. Elles parlaient gros, avec un accent de la campagne auvergnate, et elles étaient bâties comme des bœufs limousins : rien à voir avec la frêle Violaine qu'ils m'avaient refilé, même si Violaine je m'y fiais encore moins. Pour me mettre à l'aise, elles m'ont tout de suite dit de ne pas me faire de souci, qu'elles avaient tout pardonné à Christine parce qu'elles avaient bien compris que ce n'était pas de sa faute, ces crises écumantes. Et maintenant qu'elles l'avaient prise sous leurs ailes et qu'elles l'avaient à l'œil une bonne fois pour toutes, elles ne laisseraient rien lui arriver. Elles se chargeraient de la calmer et de l'empêcher de s'énucléer (elles ont dû employer un autre mot). Et puis elles nous ont tourné le dos, pour ne pas déranger. J'ai trouvé ça plutôt délicat de leur part. Je me suis même dit qu'il y avait des fleurs bleues qui se cachaient sous ces carcasses bourrues et que tout espoir n'était pas perdu quand on avait des prochaines de cette espèce. Puis Christine et moi, nous sommes allées nous asseoir sur le lit de ma sœur.

Ça m'a fait un drôle d'effet de la voir dans cet état-là. Ses paupières sanguinolaient parce qu'elle avait essayé de s'arracher les yeux. Elle m'a dit qu'ils l'avaient camisolée de force quand ça s'était passé mais qu'elle avait réussi à en mordre un, peut-être même deux, c'était toujours ça de pris. Et elle a essayé de sourire pour me mettre du baume au cœur et du cœur à l'ouvrage, mais ça n'a pas marché.

Ma sœur n'allait pas bien. Je crois que quelque chose s'est brisé en moi à ce moment-là ; ces paupières, c'était la goutte de sang qui faisait déborder le vase. J'aurais au moins voulu la peigner pour qu'elle se ressemble un peu et pour qu'on puisse mieux se ressembler, comme sur la photo prise chez Vialatte (celle où l'on aurait juré des jumelles), qui a fait de nous des célébrités. Ma sœur me regardait. Elle avait un regard étrange et bizarre, et puis la crise a commencé. Dans ses yeux, j'ai vu que ce n'était plus elle, qu'elle était occupée par Mademoiselle. Lorsqu'elle m'a sauté dessus en hurlant « Dis-moi oui, dis-moi oui ! », j'ai compris que les transformations étaient revenues, mais en pire. Je n'ai pas osé me l'avouer sur le moment – j'étais trop gelée de l'intérieur – mais il était clair que nous avions perdu la partie, que nous avions fait tout ça en vain.

Le docteur Schwartz pensait que ma sœur jouait la comédie des fous. Il m'a expliqué plus tard que Christine faisait une simulation (ou une dissimulation, j'ai oublié) pour pouvoir être réunie avec moi mais que ça n'avait pas pris sur lui. Il en avait vu d'autres et, les simagrées que faisait ma sœur dans cette cellule, ce n'était pas un comportement d'aliénée, c'était un comportement de rusée. J'ai dit oui-oui, bien sûr, ma sœur n'est pas folle et nous voulons être réunies. Je ne lui ai pas parlé des yeux de Mademoiselle. Il avait beau être plus bardé de diplômes qu'un rôti de lard fumé, il n'avait toujours pas compris pourquoi ma sœur avait tenté de s'arracher les yeux. Ce n'était pas à cause de ces histoires de simulation et ce n'était pas non plus parce que ma sœur avait viré bredine (elle était aussi saine d'esprit que vous et moi, il avait raison sur ce point). Non, c'était parce que Mademoiselle avait réussi à s'introduire d'une façon ou d'une autre. Je n'en ai pas parlé afin de ne pas donner l'alerte. Peut-être que j'ai eu tort même si je crois que ça n'aurait rien changé au bout du compte ; c'est comme la mérule pleureuse, une fois que c'est installé, c'est parti pour rester. En tout cas, ils ne nous ont plus réunies, je n'ai pas vu Christine avant le procès et, de toute façon, il était déjà trop tard.

Après, quand l'affaire a été réglée, quand on a eu réintégré nos quartiers à la prison de Clermont-Ferrand, ma sœur a échappé à la raison, pour de bon, sans espoir de retour : les lucioles de l'espérance s'étaient éteintes, comme le veut l'expression. Le graciement (ou le graciage ?) présidentiel n'y a rien fait. Quelques mois plus tard, ils m'ont fait savoir qu'elle était partie s'installer dans un asile. Un endroit recommandé par l'un de nos docteurs, quelque part en Corrèze.

Elle ne me reconnaissait plus. Elle croyait que je n'étais pas Léa alors que c'était elle qui n'était plus Christine. Et puis ma sœur est morte (m'ont-ils dit).

CHAPITRE 26

Rapport psychiatrique présenté à Monsieur Michaud, Juge d'Instruction, dans le cadre de l'affaire Lelièvre.

Clermont-Ferrand, le 1er juillet 1933.

Suivent les noms et signatures des trois experts et membres du Collège de Psychiatrie :

Dr Anatole Schwartzenberg, Médecin-Directeur de l'Asile Sainte-Marie de Clermont-Ferrand, principal chargé de l'expertise psychiatrique.
Dr Martin Charcotier, Médecin-Chef de la Maison de la Santé Départementale du Puy-de-Dôme.
Dr Antonin Mulot, Médecin-Chef de l'Asile de la Cellette, Corrèze.

[...]

En résumé, et après l'étude du dossier, des renseignements donnés par les employeurs des sœurs Lelièvre sur la période 1922-1927, des renseignements fournis par l'Orphelinat de la Providence, des renseignements pris sur la famille Lelièvre (branche paternelle) et la famille Lafarge (branche maternelle), et suite aux entretiens avec les inculpées à la Maison d'arrêt de Clermont-Ferrand (dont trois visites de la part du seul Dr Schwartzenberg), nous, soussignés Drs Schwartzenberg, Charcotier et Mulot, sommes arrivés aux conclusions suivantes :

Lelièvre Christine

De notre examen, un fait est définitivement acquis : Christine Lelièvre n'est pas une aliénée. Elle ne présente pas de signes d'une maladie quelconque en évolution.

Lelièvre Léa

De notre examen, un fait est définitivement acquis : Léa Lelièvre n'est pas une aliénée. Elle ne présente pas de signes d'une maladie quelconque en évolution.

Conclusions :

1) Lelièvre Christine et Lelièvre Léa, prévenues d'homicides volontaires sont responsables de leurs actes.

2) Lelièvre Christine et Lelièvre Léa au moment des crimes qu'elles ont commis n'étaient pas en état de démence, dans le sens de l'article 64 du Code Pénal.

3) L'examen psychiatrique ne révèle ni chez Lelièvre Christine ni chez Lelièvre Léa d'anomalie mentale ou psychique de nature à atténuer dans une certaine mesure leur responsabilité, de même pour l'examen biologique.

Addendum (1er août 1933) :

Lelièvre Christine s'étant livrée à une série de « crises » au cours du mois de juillet, nous, Schwartzenberg Anatole, avons procédé à un examen supplémentaire de l'inculpée à la demande de son avocate et suite au rapport établi par Monsieur le Surveillant Chef de la Maison d'Arrêt de Clermont-Ferrand. Voici nos conclusions :

- Les faits qui ont motivé le rapport de Monsieur le Surveillant Chef de la Maison d'Arrêt de Clermont-Ferrand ne relèvent pas de la pathologie mentale.
- Christine Lelièvre semble croire que plus elle fera preuve de mauvais caractère, de comportement difficile, plus elle plaidera la cause de la folie que les experts, en connaissance de cause, n'ont pu reconnaître.
- Christine s'est livrée à un accès de colère et à des crises de simulation pour cesser d'être séparée d'avec sa sœur.

CHAPITRE 27

Les tourterelles qui marchaient sur le toit tranquille d'en face ont disparu. Elles ont dû être dérangées. Ce sont des oiseaux très intuitifs, les tourterelles : quelqu'un de mal intentionné les aura sans doute fait fuir. Décidément, il se passe des choses étranges dans cet immeuble. Bien étranges, en vérité. Voilà ce qu'il en est : je reçois des visites suspectes. Pour tout vous dire, j'en suis arrivée au point où je n'ose même plus répondre quand on sonne.

Hier, une femme mal habillée (j'entends par là qu'elle n'avait fait aucun effort de toilette : elle était empantouflée), qui n'est pas la grosse, est venue m'apporter du lait. Je me demande qui ça peut bien être. Quand elle a sonné, je me suis déplacée aussi vite que ma hanche me le permettait pour aller écouter derrière la porte. J'ai aussi regardé à l'œillère pour voir qui c'était. Elle a dit : « Mademoiselle Jeanson, vous m'ouvrez, c'est moi, je vous apporte vos courses ».

Mais moi je m'appelle Léa Lelièvre, alors je n'ai pas ouvert, par prudence : je ne vais tout de même pas introduire le loup dans l'étable ! Il faudra qu'ils trouvent autre chose de mieux ficelé qu'une souillon de cette espèce. Je sais très bien comment ils procèdent, je l'ai vu l'autre jour à la télévision : ils cherchent à vous faire ouvrir la porte sous n'importe quel prétexte pour ensuite vous torturer avec des couteaux pointus à cran d'arrêt et vous prendre toutes vos économies (et vos bijoux de famille aussi). Mais ça n'a pas pris, je n'ai pas mordu au filet. Je me doutais bien que les complices de cette femme étaient cachés dans la cage d'escalier, prêts à bondir (ce sont eux qui ont fait peur aux tourterelles). J'ai fini par l'envoyer vertement sur les rosiers en disant qu'aucune Mademoiselle Jeanson n'habitait ici et que si elle continuait à m'importuner de la sorte, j'allais appeler la police. Ça, pour être honnête, je ne l'aurais pas fait parce que ma sœur et moi nous avons eu des démêlés avec la police, à une époque, et que j'en garde de très mauvais souvenirs.

Elle a bien essayé de parlementer (je n'en ai d'ailleurs pas compris la moitié) mais je n'ai pas cédé. A travers l'œillère, j'ai pu voir qu'elle repartait enfin, la queue basse – c'est-à-dire plutôt dépitée. J'ai encore attendu plusieurs minutes pour être bien sûre que la voie était dégagée. Quand j'ai entrouvert la porte, j'ai trouvé trois briques de lait posées sur mon paillasson ainsi qu'un pain dans un sac accroché à la poignée. Je les ai pris et j'ai refermé la porte.

Mon Dieu, mon Dieu, comment savoir si ces aliments n'ont pas été empoisonnés ? A première vue, ils ont l'air normal, mais ça ne veut rien dire. Ça m'a fait penser à cette petite, Violaine Auzières elle s'appelait, qui avait partagé une cellule avec moi (je ne sais plus si je vous ai parlé d'elle ?). On lui aurait donné le Bon Dieu à confesser, à Violaine, et on se serait bien trompé. Boucle d'or avait assaisonné la soupe de ses parents avec de la belladone en poudre. Ils ne se doutaient pas, les Auzières, qu'ils avaient réchauffé une vipère dans leur sein. C'est bien la preuve qu'on ne peut jamais rien dire, les apparences sont des eaux dormeuses.

Vu que les tourterelles étaient parties, il m'était difficile de vérifier si le pain avait été empoisonné à la poudre de belladone ou pas. Mais comme je commençais à avoir très faim, je me suis dit que tant pis, et j'ai décidé d'oublier toutes ces histoires de poison. J'ai mangé une grosse tartine avec de la confiture dessus. Puis j'ai bu un verre de lait pour faire descendre le tout. C'est alors que ça m'est revenu, soudainement, comme un coup de marteau : « Mademoiselle Jeanson », c'est bien moi ! C'est le nom qu'ils m'ont donné à la sortie de prison (j'ai fait dix ans de prison pour le mauvais coup de la rue Pascal) parce que

« Lelièvre » aurait pu causer des tracasseries – même si j'étais interdite de séjour sur les lieux du crime, à Clermont-Ferrand.

En tout cas, je me suis sentie un peu mieux. J'en ai même ri d'aise. Léa Jeanson, c'est moi, et Léa Lelièvre aussi ! Tout bien pesé, peut-être n'y avait-il rien à craindre de la part de la mystérieuse laitière. Et en effet, je peux témoigner que les aliments n'étaient pas contaminés, j'ai très bien digéré.

Ça m'a quand même causé des chagrineries, cette histoire-là. Parce que ce n'est pas tout, ça ne s'est pas arrêté là. Il y a aussi eu des coups de téléphone anonymes (je ne réponds pas au téléphone, bien entendu). Ça commence à ressembler curieusement aux malices qui se déroulaient jour après jour au 6 rue Pascal, à Clermont-Ferrand. Si seulement ma sœur Christine était avec moi pour nous conseiller !

Heureusement, j'avais assez de provisions pour durer plusieurs jours (j'ai encore du pain, du lait, de la confiture et six boîtes de quenelles de brochet) alors, dès le lendemain, je me suis dit qu'il était plus prudent de ne pas ouvrir à la grosse. S'il y avait une sale affaire dans laquelle tremper, on pouvait certainement compter sur elle. Le pire, c'est qu'elle devait avoir une clef. Alors j'ai mis le loquet et je lui ai dit à travers la porte de s'en aller, que je n'avais plus besoin de ses services. Qu'elle ne compte pas sur moi pour lui verser des gages. Elle n'avait qu'à aller quémander à la Mairie, si elle le souhaitait, même si on ne pouvait guère compter sur le Maire, je savais de quoi je parlais. Je crois qu'elle a fini par partir en maugréant dans sa barbe. Pour ma part, je continue de ne pas répondre au téléphone car on ne sait jamais par où un malheur peut arriver.

Les malices sont revenues, elles ont fini par pénétrer dans mon appartement (c'est la grosse qui a dû les laisser rentrer). Contre mon plein gré. C'est regrettable.

Je crois qu'il s'agit des mêmes qu'avant. Mais pour en être sûre, il faut que j'aille demander à Christine.

Elles ont tout ravagé sur leur passage. On ne peut rien faire contre ça.

CHAPITRE 28

Christine vient de passer devant la fenêtre alors je lui ai fait un petit coucou de la main. Elle a eu l'air surprise de me voir, ma sœur. Ils lui avaient peut-être dit que j'étais morte, pour brouiller les cartes et semer la zizanie. Ils sont tout à fait capables d'une malice pareille, je ne me fais aucune illusion.

J'aurais bien ouvert la fenêtre pour lui dire que je l'attendais mais le temps que je me lève de mon fauteuil, elle avait déjà disparu. Elle avait l'air pressée, je me demande bien pourquoi. Où est-ce qu'elle pouvait filer à cette vitesse ? Je ne perds pas espoir de la voir repasser d'ici peu. Je reste donc à mon poste, avec la canne à portée de la main.

Pour l'heure, je continue d'ignorer la sonnette et la sonnerie du téléphone. Ils m'indisposent avec leur « Mademoiselle Jeanson, ouvrez-nous ». D'abord, je ne le reconnais pas, ce nom. Qui est cette demoiselle Jeanson ? Et qu'est-ce qu'elle a fait de mal ? Moi, je suis Léa Lelièvre et je n'ai rien à nous reprocher. J'ai déjà été jugée et condamnée, nous avons purgé notre peine au centuple, tous les détails sont écrits dans notre dossier. Vous pouvez aller vérifier, si le cœur vous en dit.

Je sens bien que l'attente finale a commencé, comme l'autre fois. Je suis prête, nous avons l'habitude. Ils feront ce qu'ils veulent de nous, je me tiens à leur disposition. Mais avant, j'ai une dernière chose à faire. Je me tiens aux aguets, près de la fenêtre. J'attends ma sœur.

Le ciel est gris et salissant, l'orage éclatera peut-être avant ce soir. En tout cas, il n'y a pas grand monde dans les rues de Tulle, on dirait. Je me demande où les gens ont pu passer.

Toujours pas de Christine. Où peut-elle être ? Christine, houhou, où es-tu ? Je ne vois toujours pas venir ma sœur. Je ne vois que la rue vide et les nuages qui grisoient. Peut-être est-elle retournée à Clermont-Ferrand…

Elle a pourtant fini par faire son apparition avant que la nuit ne tombe. Je l'ai vue venir de loin.

Elle a tournoyé un moment, puis elle est allée se poser sur le toit d'en face, avec deux autres corbeaux. Alors, j'ai ouvert la fenêtre et je lui ai lancé tous les croûtons de pain qu'il me restait. Comme je n'ai plus beaucoup de forces, presque tout est tombé dans la rue, mais ça n'a pas grande importance. Ma sœur s'est jetée sur le pain en poussant un cri effroyable. Elle avait très faim, ça se voit. Ils ne doivent pas bien la nourrir, là où elle est, quels misérables.

Je la regarde manger en retenant mon souffle pour ne pas l'effrayer. Nous ne nous sommes pas vues depuis tant d'années. Moi aussi, j'ai dû bien changer. Comme elle est belle et fière, ma sœur, avec ses plumes bleues-noires si bien lissées (c'est aussi à ça que je l'ai reconnue) !

Christine, ma Christine.

Elle déchire les croûtons de son bec féroce. Les autres corbeaux ont pris peur, ils n'ont pas demandé leur reste. On voit tout de suite qu'elle ne doit pas se laisser embêter, ma sœur. Elle a bien raison, nous ne sommes plus au service de personne. Nous sommes enfin les maîtresses de nous-mêmes.

Ça y est. Elle a levé la tête dans ma direction.

Ma sœur a deux trous noirs à la place des yeux. Elle me fixe de ses yeux morts, dans lesquels je me mire à loisir. Nous restons comme ça un long moment, les yeux dans les yeux. Je songe à la douceur d'aller là-bas mourir ensemble. Soudain, un croassement terrible s'élève par-dessus les rues et les toits de la ville. Il traverse une couche épaisse de temps et de douleur, avant de pénétrer tout droit dans mon cœur.

Ma sœur m'a reconnue.

Postface

Les malices est « basé sur une histoire vraie », l'affaire Papin.

Plusieurs documents ont été reproduits plus ou moins *verbatim* dans le roman :

- **Les extraits de journaux signés du nom de Gustave Fève :**
  Ils sont parus sous le nom de René Fève dans le journal *L'Ouest-Éclair* au moment de l'affaire Papin (quelques passages ont été ajoutés et/ou modifiés mais la tonalité d'ensemble reste identique).

- **Les deux lettres des prisonnières :**
  Lucie Tessier, sans profession, a réellement existé. Elle était codétenue de Christine Papin à la maison d'arrêt du Mans. A part une légère modification, sa déposition a été reproduite dans son intégralité.
  La deuxième lettre est basée sur la déposition réelle de Thiery, Eugénie, 55 ans, sans profession, codétenue de Christine Papin à la maison d'arrêt du Mans.

- **Le rapport psychiatrique des experts :**
  Outre les modifications de noms et lieux, le document est authentique.

- Les extraits de l'ouvrage d'Augusta Moll-Weiss, ***Madame et sa bonne* (1925)** ont été reproduits sans aucune modification.

Les « bijoux maléfiques » de Madame Lancelin (devenue Madame Bertaux-Chambon) sont mentionnés une fois par Christine Papin (Lelièvre), selon une note psychiatrique rédigée par le Dr Guillerm (Cf. Fabrice Dupré, *La « solution » du passage à l'acte. Le double crime des sœurs Papin*. Éditions Ères, 1996, p. 191). Ils sont le point de départ du roman.

Remerciements

Merci à :

Daniel Sangsue pour son soutien et sa lecture si attentive de ce texte.

Martine B. pour sa lecture initiale et ses commentaires précieux.

Thomas Ragage pour son regard aiguisé sur le texte.

Gérard Gourmel et Pascale Thirode, qui ont partagé leur profonde connaissance de l'affaire Papin avec beaucoup de générosité.

Bertrand Dousteyssier, lecteur indispensable qui sait toujours trouver les mots nécessaires.

Marcelle Dousteyssier, qui m'a soufflé l'expression « virer bredine ».

Merci enfin à Valya, Nicholas et Anna Khoze pour leurs encouragements constants, et pour avoir accepté de bonne grâce, en dépit de multiples séjours sarthois qu'ils n'avaient pas choisis, la délocalisation des sœurs Papin/Lelièvre du Mans à Clermont-Ferrand.

Structures éditoriales du groupe L'Harmattan

L'Harmattan Italie
Via degli Artisti, 15
10124 Torino
harmattan.italia@gmail.com

L'Harmattan Hongrie
Kossuth l. u. 14-16.
1053 Budapest
harmattan@harmattan.hu

L'Harmattan Sénégal
10 VDN en face Mermoz
BP 45034 Dakar-Fann
senharmattan@gmail.com

L'Harmattan Cameroun
TSINGA/FECAFOOT
BP 11486 Yaoundé
inkoukam@gmail.com

L'Harmattan Burkina Faso
Achille Somé – tengnule@hotmail.fr

L'Harmattan Guinée
Almamya, rue KA 028 OKB Agency
BP 3470 Conakry
harmattanguinee@yahoo.fr

L'Harmattan RDC
185, avenue Nyangwe
Commune de Lingwala – Kinshasa
matangilamusadila@yahoo.fr

L'Harmattan Congo
219, avenue Nelson Mandela
BP 2874 Brazzaville
harmattan.congo@yahoo.fr

L'Harmattan Mali
ACI 2000 - Immeuble Mgr Jean Marie Cisse
Bureau 10
BP 145 Bamako-Mali
mali@harmattan.fr

L'Harmattan Togo
Djidjole – Lomé
Maison Amela
face EPP BATOME
ddamela@aol.com

L'Harmattan Côte d'Ivoire
Résidence Karl – Cité des Arts
Abidjan-Cocody
03 BP 1588 Abidjan
espace_harmattan.ci@hotmail.fr

Nos librairies en France

Librairie internationale
16, rue des Écoles
75005 Paris
librairie.internationale@harmattan.fr
01 40 46 79 11
www.librairieharmattan.com

Librairie des savoirs
21, rue des Écoles
75005 Paris
librairie.sh@harmattan.fr
01 46 34 13 71
www.librairieharmattansh.com

Librairie Le Lucernaire
53, rue Notre-Dame-des-Champs
75006 Paris
librairie@lucernaire.fr
01 42 22 67 13

Printed in Great Britain
by Amazon

60113041R00097